Amalie Winter

Leben und Schicksale des Katers Rosauruse

Die kleine Prinzessin und ihre Katze

Amalie Winter

Leben und Schicksale des Katers Rosauruse
Die kleine Prinzessin und ihre Katze

ISBN/EAN: 9783337352813

Hergestellt in Europa, USA, Kanada, Australien, Japan

Cover: Foto ©Andreas Hilbeck / pixelio.de

Weitere Bücher finden Sie auf **www.hansebooks.com**

Leben und Schicksale

des

Katers Rosaurus,

oder

die kleine Prinzessin und ihre Katze.

⊢━━━━┥

Ein unterhaltendes Lese- und Bilderbuch
für Kinder

von

Amalie Winter.

Mit 1 schwarzem und 5 colorirten Stahlstichen.

Leipzig, 1851.

Baumgärtners Buchhandlung.

Kapitel 1.

Die Ueberraschung.

Meine Freuden.

Wollt Ihr meine Freude hören,
Ruft ein Mädchen voller Lust,
Nun ich will sie gern Euch lehren,
Hegt sie auch in reiner Brust.

   Meine Freude sind die Blüthen
   Und die Blumen groß und klein
   Die des Himmels Lust und Frieden
   Durch die weite Schöpfung streu'n.

Meine Freuden sind die Thiere,
Schäfchen, Biene, Schmetterling.
Denn in Gottes Lustreviere
Ist mir keines zu gering.

Die kleine Prinzessin Marie war 6 Jahr alt und führte ein glückliches Leben. Alle Welt war ihr gut und Jedermann bemühte sich, ihr Freude zu machen. Täglich wurden kleine Mädchen eingeladen, mit denen sie im schönen Wagen spatzieren fuhr und mit schönen Spielsachen spielte.

7

Die Spielsachen waren aber ganz außerordentlich schön. Sie hatte unter Anderm eine Puppenstube, welche so groß war, daß nicht nur die Puppen, sondern auch deren Besitzerin, nebst zwei ihrer Freundinnen darin Platz fanden. Kanapee, Stühle und der Tisch waren so eingerichtet, daß die Kinder sich ihrer bedienen konnten und oft wurde dort in Gesellschaft der Puppen von verschiedener Größe Chocolade getrunken. Der kleine Hund J o l y wurde bei solchen Gelegenheiten ebenfalls eingelassen und erhielt einen Platz auf dem Kanapee, von wo aus er mit wahrhaft menschlicher Grazie, ebenfalls Chocolade trank und Bisquit fraß. Wenn er sich zuweilen vergaß und sich allzu gefräßig zeigte, so wurde er ernstlich ermahnt und das Prinzeßchen drohte mit dem Finger.

Die Puppen waren indeß von verschiedener Größe und von ganz verschiedener Art. Da sah man eine große Puppe als Königin angethan, mit einer goldenen Krone auf dem Kopf und dem Hermelinmantel um die Schultern. Neben ihr saß das Bauermädchen in der Landestracht, mit Bändermütze, kurzem Rock und goldgesticktem Latz. Ein kleiner Knabe und ein kleines Mädchen waren in den kurzen Flügelkleidern und weißen Beinkleidern mit den runden Strohhüten sehr hübsch anzusehen. — Außerdem gab es auch Puppen in Haus- und Ball-Kleidern und alle hatten ihre besondere Garderobe. Viele davon besaßen sehr schönes langes Haar, und es gewährte den Kindern große Freude, solches zu kämmen und zu flechten; andere hatten blos Locken, was ihnen auch sehr gut stand.

Alle diese Puppen waren aber, in dem Augenblick wo diese Geschichte beginnt, ganz vergessen und lagen in einer Ecke der Puppenstube über einander gehäuft, denn die Prinzessin hatte kürzlich eine Puppe erhalten, welche alle anderen aus ihrem Herzen verdrängte; das war nämlich eine schöne Wickelpuppe. — Kopf, Arme und Beine waren von Wachs und das Kinderzeug war äußerst vollständig. Es fehlte nicht an Windeln, Stopfläppchen und Wickelschnuren. Die Wickelkissen waren mit Bandschleifen versehen und mit Stickereien garnirt. Die Mützchen waren prächtig, ganz mit Spitzen und Bändern bedeckt. Es gewährte den Kindern große Freude, das Puppenkind zu wickeln und trocken zu

8

legen, herum zu tragen und einzuschläfern, und ihm Brei zu geben, mit dem kleinen silbernen Breilöffel, aus dem vergoldeten Breinäpfchen. Des Abends wurde die Puppe immer in die Wiege gelegt, welche ebenfalls in der Puppenstube stand; und das war eine sehr schöne Wiege von Mahagoniholz, wie nur wenig Menschenkinder sie besitzen. Es schläft sich nun zwar eben so gut in einer einfachen Wiege; aber für die Puppe einer kleinen Prinzessin heißt es doch: „je schöner, je besser". An dieser Wiege waren nun reiche Vergoldungen angebracht; ein vergoldeter Engel schwebte darüber und hielt in seinen Händen den grünen Vorhang von schwerem rauschenden Seidenstoff: Kopfkissen und Decke waren von rosa Atlas mit Ueberzug von gesticktem Tüll mit Spitzenbesatz.

Das schönste Eigenthum der Wickelpuppe war aber das Taufzeug. Es bestand aus einem langen Kleid von Spitzentüll über rosa Atlas. Das Kind lag auf einem Kissen von rosa Atlas und nun gab es Spitzen und Schleifen in Menge. Besonders schön waren die Aermelchen gestickt, und das Mützchen erregte allgemeine Bewunderung. Eine arme Stickerin hatte vier Wochen daran gearbeitet und von dem Lohn, den sie dafür bekam, ihre ganze Familie erhalten. Die Wickelpuppe sah aber in diesem Taufzeug gerade so aus, wie das Prinzeßchen selbst bei der Taufe ausgesehen hatte.

„Wir wollen doch Taufens spielen", sagte L i s i eines Tages, als eine Gesellschaft kleiner Mädchen bei der Prinzeß versammelt war. Lisi war die älteste von ihnen und pflegte gewöhnlich die Spiele anzugeben. „Wir wollen die Wickelpuppe taufen", sagte sie, „und ich will der Pastor sein". Die Kinder nahmen den Vorschlag mit Jubel an; Mademoiselle Gogo, die Bonne, hatte das Zimmer verlassen wegen eines Besuches und hatte die Kinder gebeten, recht still zu spielen; nun! bei der Taufe machte man auch gewiß keinen Spectakel. Lisi wickelte sich in einen schwarzen Shawl und machte sich von Papier Päffchen an den Hals. Ein kleiner Tisch wurde als Altar angeputzt. Nun putzten sich auch die Pathen. Das Prinzeßchen setzte ein Diadem ihrer Mama auf, welches diese wegen dessen Schwere auf einige Stunden bei ihr abgelegt hatte; ein goldgestickter Longshawl ward ihr als Schleppe angemacht. Die kleine

Diana befestigte zwei Blumenkränze der Balldamenpuppe auf den Kopf und band ihren himmelblauen Mantel um die Taille, so daß er hinten Schleppe bildete; die kleine Amelie hatte eine Echarpe von rosa Flor auf dem Kopfe befestigt und hüllte sich hinein, so daß sie in einem jener Wölkchen zu stecken schien, welche Abends vor Untergang der Sonne so schön roth aussehen. Die lange Jenny hatte aber die Mütze des kleinen Prinzen aufgesetzt, einen Kindersäbel umgeschnallt und ein Paar Vorhangsquasten als Epauletten an die Schultern befestigt und wollte durchaus der Herr Gevatter sein.

Nun sollte die Taufe losgehen. Lisi hatte nämlich ihr Schwesterchen taufen sehen und nahm sich vor, es gerade so zu machen. Joly mußte sich auf die Hinterpfoten setzen, um das Mützchen zu halten, was damals Lisis Amt gewesen war.

Als nun die Vorbereitungen vollendet waren und die Kinder feierlich im Kreise standen, vernahm man plötzlich ein fremdartiges Geräusch, ein Poltern, Miauen, Winseln. Die Kinder wußten gar nicht, was es war, — die Wickelpuppe konnte es doch nicht sein!

Das Geräusch kam aus dem Kamin, welches im Sommer zugestellt wurde, damit der Wind nicht herein fauchen konnte. Die Kinder fürchteten sich und flüchteten schreiend und um Hülfe rufend in das andere Zimmer und Joly verfiel in ein fürchterliches Gebell. Ueber dem Lärm kam Mademoiselle Gogo herbei und frug, was es gäbe? Als die Kinder von dem Spektakel im Kamin erzählten, schüttelte sie bedenklich den Kopf; sie wußte nicht recht, ob es gerathen sei, das Kamin zu öffnen, es konnte ja eine Eule oder ein Uhu hineingeflogen sein; diese Vögel haben aber große Schnäbel und pflegen damit um sich herum zu hacken; es konnte auch eine Fledermaus sein und Mademoiselle Gogo fürchtete sich vor Fledermäusen. — Alles stand um das Kamin in horchender Stellung. — Ach, die Töne waren so leise, so hülfebedürftig, man mußte ahnden, daß ein Geschöpf Gottes sich sehr unbehaglich darin fühle. Lisi riß geschwind das Kamin auf und siehe, da lag ein kleines allerliebstes Kätzchen. Es konnte kaum 14 Tage alt sein und gefiel den Kindern ungemein. Es war ein buntes

Cypernkätzchen. Es hatte einen langen Schwanz, den es anmuthig bewegte, kurze Ohren, die es klug zu spitzen wußte und ein Fellchen, so weich und glatt wie Seide. Dabei schnurrte es äußerst lieblich und schien sich im Schooß des Prinzeßchens sehr wohl zu befinden. Die Kinder holten Milch herbei und es leckte dieselbe mit seinem rosarothen Züngelchen. Man sah es ihm an, daß es ihm gutschmeckte. — Die Kinder hatten sich um das Prinzeßchen herumgekauert, um den kleinen Ankömmling recht betrachten zu können; alle waren davon entzückt, nur nicht Joly, welcher zur Thüre hinaus gebracht werden mußte, da er Lust zu haben schien, das arme Kätzchen zu beißen und aufzufressen.

Das Kätzchen wird im Kamin entdeckt.

Als Lisi aber die Freundinnen aufmerksam machte auf die
Sammetpfötchen des Kätzchens und auf deren rosarothe
Sohlen, wurden die Bedienten zum Abholen gemeldet und
man mußte sich trennen. Das Kätzchen war im Schooß des
Prinzeßchens eingeschlafen, und wir wollen es schlafen
lassen, um zu erforschen, wie der kleine Gast eigentlich in
das Kamin gekommen war.

Kapitel 2.

Wie das Kätzchen in's Kamin kam.

In Sonnenschein —
In dunkler Nacht
Für Mensch und Thier
Gottes Auge wacht.

Die Art und Weise, wie das Kätzchen in's Kamin gelangt war, gewährt dem aufmerksamen Leser einen Blick in die traurigen Familienverhältnisse der Katzen. Bei dem Vogelgeschlecht ist das Männchen dem Weibchen beim Nestbauen, Brüten und Füttern der Jungen behilflich. Der liebenswürdige Gatte der Nachtigall singt seinem brütenden Weibchen vor und erfreut durch seine herrlichen Liebestöne das Ohr des lustwandelnden Menschen. Auch bei manchem vierfüßigen Thier findet man väterliche Zuneigung und Fürsorge für die Jungen; aber bei den Katzen ist das nicht der Fall. Mancher Katzenpapa hat sogar die schlechte Gewohnheit, seine Kleinen zu fressen. Vielleicht hält er sie für Mäuse oder Ratten; vielleicht haßt er sie, weil sie die Katzen zu sehr beschäftigen und von den Mondscheinpromenaden auf den Dächern, vom Besuch der Katzengesellschaften und von der Theilnahme an den herrlichen Katzenconcerten, deren Ihr, lieben Kinder, gewiß schon oft gehört habt, abhalten. Kurz, der Kater frißt seine Jungen und die liebende Katzenmama ist genöthigt, dieselben gegen ihn zu vertheidigen oder vor ihm zu verbergen. Das thut sie nun so gut sie kann, indem sie sich zu ihrem Wochenbett Stellen aufsucht, wo Niemand so leicht hinkommt. — Kätzchens Mutter war nun niemand Anders als Mies Mies, die Hofkatze, und sein Vater, der sehr ehrenwerthe Hofkater, Namens Murr. Beide Eltern erfreuten

14

sich einer sehr einträglichen Anstellung bei der Küche und erhielten eine reichliche Besoldung an Hühnerknochen und Fischgräten, die sie blos mit dem Hofraben zu theilen hatten. Mies Mies fand indeß noch nebenbei Gelegenheit, manche verhungerte Stadtkatze zu unterstützen, denn Mies Mies hatte ein gutes Herz; aber der Kater Murr und der Hofrabe Hans wollten das nicht leiden und scharrten in die Erde, was sie nicht fressen konnten, lieber, als andere Thiere damit zu erfreuen. Man hätte nun meinen sollen, bei so reichlicher Kost würde der Vater seine Kinder verschonen, aber nein! er hatte von Zeit zu Zeit förmlich Appetit nach jungen Kätzchen und auch der Hofrabe liebte solche zu verspeisen. Mies Mies kannte alle diese drohenden Gefahren und war ernstlich darauf bedacht, ihre Kinder denselben zu entziehen.

Mies Mies hatte auch ein Gespräch der Schloßmagd und des Schloßvoigts belauscht, worin diese sich vornahmen, keine jungen Kätzchen mehr im Schloß zu dulden, weil solche Unreinlichkeiten verursachten; alle Kinder der Mies Mies sollten künftighin ersäuft werden. Man kann sich denken, wie das Herz der armen Hofkatze schlug, als die Stunde nahte, wo sie Mutter werden sollte.

In ihre traurigen Gedanken vertieft schlich sie auf einem vorragenden Haussims, in den Fenstern der fürstlichen Gastzimmer vorüber und bemerkte, daß der Wind eines dieser Fenster aufgerissen hatte, ohne daß irgend Jemand es bemerkt zu haben schien. Im Fremdenzimmer stand aber ein Himmelbett mit blauseidenen Vorhängen, worin schon Fürsten und Grafen geschlafen hatten; das mußte sich vortrefflich zum Wochenbett eignen, es war ganz so weich und sanft, wie Mies Mies es für ihre jungen Kätzchen nur wünschen konnte; sie schlüpfte also zum Fenster hinein, sprang auf das Bett, wühlte mit ihren Pfoten eine Art von Nest zwischen Kopfkissen und Plümeau, und sah sich bald von drei allerliebsten Kätzchen umgeben, die sie auch während neun Tagen ungestört säugte. Nur ein Mal täglich verließ sie ihre Kinder, um selbst Nahrung einzunehmen; das that sie aber nur in der Nacht, damit Niemand erspähen möge, wohin sie ihre Schritte wendete.

Die Kätzchen pflegen bis zum neunten Tag blind zu sein, bis

dahin leiht die sorgsame Mutter ihnen ihr Auge und wacht über sie. Mies Mies erwartete stündlich, daß ihren Kindern das Licht aufgehen werde und hatte fleißig die geschlossenen Augen geleckt, um ihnen das Aufschlagen derselben zu erleichtern. Da vernahm sie eines Tages ein Geräusch an der Thür; ein Schlüssel wurde in's Schlüsselloch gesteckt, das Schloß gedreht, die Thür ging auf und herein trat die entsetzliche Schloßmagd, mit einem furchtbaren Besen an einem langen, langen Stiel. Mies Mies befahl ihren Kindern ganz still zu sein; sie hoffte, die Hofmagd würde nur kehren und nicht das Bett machen; ängstlich blinzelte sie durch die Spalten des Vorhangs und verfolgte jede Bewegung der Entsetzlichen. Ach — all ihr Hoffen war vergeblich! — Es waren Gäste angesagt und die Fremden-Zimmer und Fremden-Betten mußten in Ordnung gebracht werden. Eine kräftige Hand riß den Vorhang auseinander und das Plümeau in die Höh'! Welch eine Unthat war da geschehen! —

Die Schloßmagd erhob einen gewaltigen Lärm; sie schrie und tobte gegen die Katze, sie schimpfte und drohte sie zu verderben mit ihrer ganzen Brut. Mies Mies ließ sich aber nicht so leicht einschüchtern, sie machte wahre Tigeraugen; sie zischte, knurrte, pustete, machte einen furchtbaren Katzenbuckel und schien sich zu einem gewaltigen Sprung nach dem Angesichte der Schloßmagd zu rüsten; dabei bewegte sie ihren Schwanz wie eine Löwin und zeigte ihre spitzen, scharfen Zähne wie ein Leopard. Sie erschien in ihrer muthigen Mutterliebe so furchtbar, daß der Schloßmagd ganz angst und bange wurde für ihre Augen und für ihre rothen Wangen und sie davon eilte, um den Schloßvoigt als Beistand herbei zu rufen.

Frau Mies Mies war indeß nicht so dumm, diesen Beistand abzuwarten; sie dachte: wenn der Schloßvoigt und die Schloßmagd sich mit ihren Besenstielen über mich hermachen, dann bin ich mit meinen lieben Kleinen verloren, da geht es uns schlecht. — Sie beschloß also, so schnell als möglich ihre Kätzchen hinweg zu tragen und ihnen ein anderes Unterkommen zu suchen. So nahm sie denn ein Kätzchen in's Maul und trug es auf's Dach; dann holte sie das zweite, dann das dritte, und als die Hofmagd und der Hofknecht kamen, fanden sie das Bett leer. Dasselbe sah aber nicht reinlich aus und der Hofknecht hielt sich die Nase zu und lief so schnell als möglich davon.

Nun ergriff Mies Mies wieder das Kätzchen, das sie zuerst auf das Dach niedergelegt hatte; sie, deren Zähne so scharf für die Mäuse waren, sie wußte dieselben ganz stumpf zu machen, damit ihr Kind den mütterlichen Zahn nicht fühlte. Sie trug es nach einer Bodenkammer, wo sie sich eines alten Strohsacks erinnerte; dort waren die Kleinen zwar nicht so weich und vornehm gebettet, wie früher, doch sicher vor Störung. Dann holte die Mutter das zweite Kind — unser Kätzchen war aber das dritte, welches bis zuletzt warten mußte.

So lag es denn allein auf dem Dache; es war bis jetzt noch blind gewesen und wußte eigentlich nicht, was man mit ihm vorgenommen hatte; es fror und ihm war ganz unheimlich zu Muthe; da berührt ein Strahl der scheidenden Sonne das arme Thier und suchte dessen geschlossenes Auge, welches sich plötzlich öffnete und zum ersten Male das Licht der Welt erblickte. Kätzchen verfiel darüber in ein ungeheures Nießen und gerieth durch diese Bewegung in's Rollen; es rollte vom Dachgiebel herab, immer weiter, immer weiter; es wäre bis in den Schloßhof gerollt, wenn das Kamin es nicht aufgenommen hätte. So kam es denn in des Prinzeßchens Zimmer und gewiß in sehr gute, liebevolle Hände.

Kapitel 3.

Wie die Kinder mit dem Kätzchen spielen.

Quäle nie ein Thier zum Scherz,
Denn es fühlt wie Du den Schmerz.

Kätzchens Ankunft war eine große Freude für die Kinder und besonders für Prinzeß Marie. Wenn sie früh aufwachte, mußte man ihr das kleine Thier ins Bett bringen, wo sie ihm das Frühstück gab, welches aus Milch und Bisquit bestand. Joly, der oft eifersüchtig war, wurde ohne Erbarmen geschlagen und in die Bedientenstube verwiesen, wenn er sich neidisch zeigte und dem Kätzchen etwas anhaben wollte. Kätzchen fühlte sich auch bald heimisch in dem blauen mit Sternen besäeten Zimmer, man merkte es ihm an, daß es in einem Himmelbett zur Welt gekommen war; denn nichts erschien ihm zu gut, um es zu benutzen. Das Prinzeßchen wollte auch mit nichts Anderem mehr spielen als mit Kätzchen. Trotzig stand die schöne große Puppen-Königin in der Ecke, seit 8 Tagen war ihr starkes Haar nicht gebürstet und geflochten, ihr Staat nicht gewechselt worden. — Gabriele, die Balldame, lag eben so lang schon im Himmelbett in der Nachtjacke und niemand dachte daran, ihr nur ein einziges Mal die Augenlieder aufschlagen zu lassen, unter welchen doch so schöne blaue Glasaugen ruhten. Unter dem Tisch lag aber die Wickelpuppe noch im Taufstaat, denn sie hatte ihre schöne Wiege dem Miaukätzchen einräumen müssen. Die Puppenstube befand sich aber in großer Unordnung, weil Miaukätzchen alles darin herumgeworfen hatte; der Kronleuchter war zertrümmert, die hübschen Nippsachen zerbrochen und die

18

kleine Uhr von Marzipan sah gar nicht mehr aus wie eine Uhr; denn Miaukätzchen hatte die süßen Bestandtheile derselben entdeckt und häufig daran geleckt.

Kätzchen durfte sich auch alle möglichen Freiheiten nehmen. Wenn die Fürstin durch das Zimmer ging mit dem Schleppkleid, sprang es auf die Schleppe und ließ sich spazieren fahren. Wenn Prinzeßchen mit dem Batisttuch wedelte, haschte Kätzchen danach und hing sich mit seinen kleinen Krallen in dessen Spitzen, welche natürlich darunter litten.

Mademoiselle Gogo pflegte in einem Lehnsessel Platz zu nehmen, wenn sie das Prinzeßchen an- oder auskleidete; dann hüpfte Kätzchen auf die Lehne. „Kätzchen sieht zu", sagte Mademoiselle Gogo, und sie meinte, das könne Prinzeßchen vermögen, hübsch still zu halten. Das war aber eines Tages gar nicht der Fall und Mademoiselle Gogo schüttelte unzufrieden das Haupt, so daß die rothen Mützenbänder wackelten, und da Kätzchen meinte, alles was sich bewege, wolle mit ihr spielen, Wupp! war es auf Mademoiselle Gogos Kopf gesprungen und hatte die rothen Schleifen in den Klauen. Mademoiselle Gogo fiel aber beinahe in Ohnmacht vor Schrecken und das Prinzeßchen konnte vor Lachen vollends nicht still halten; aber das war auch nicht nöthig, denn die gute Mademoiselle Gogo lachte gleich darauf von ganzem Herzen mit.

Joly pflegte sein Frühstück und Mittagsmahl beim Kamin in des Prinzeßchens Zimmer zu erhalten, und Kätzchen, obgleich es schon ganz gesättigt war, fühlte stets Appetit danach und naschte davon. Wenn nun der arme zurückgesetzte Joly sich darüber erzürnte, zu bellen anfing und Kätzchen wegjagen wollte, begann dasselbe zu pusten und zu drohen und mit ihren Sammetpfötchen Ohrfeigen auszutheilen, so daß Joly das Schwänzchen einzog und queilte und unter das Kanapee flüchtete.

Kätzchen war noch gar nicht gut erzogen und pflegte oft die schönen Teppiche zu verunreinigen; Mademoiselle Gogo machte eine Ruthe, um es zu strafen, aber Prinzeßchen bat immer vor und wenn alle Welt sich die Nase zuhielt, meinte sie immer, es sei die Resede, welche so stark dufte — und da gab es auch manche Leute, welche das wirklich zu glauben schienen.

Eines Tages wurden wieder die guten Freundinnen zu Chocolade gebeten und alle freuten sich sehr am Kätzchen und spielten mit demselben auf alle mögliche Weise. Sie bliesen eine Marabout-Feder in dem Zimmer umher und Kätzchen haschte danach; dann kullerten sie Bälle, ließen ein wächsernes Mäuschen mit einem Uhrwerk umher laufen; banden eine kleine Puppe an einen Bindfaden und ließen sie tanzen. Kätzchen machte die wunderlichsten Sprünge bei solchem Spiel und legte eine wahre Katzengrazie an den Tag. Eine berühmte Tänzerin soll eine Katze als Vorbild genommen haben für ihre Pas' und Bewegungen und unser Kätzchen hätte wirklich Tanzstunde geben können. Zuletzt setzten die Kinder dem Kätzchen einen Federhut auf und zogen ihm einen Puppenüberrock an, was sich Kätzchen gefallen ließ, und die Kinder waren ganz vergnügt dabei.

Endlich frug Lisi: „wie heißt denn das Kätzchen?" und alle waren erstaunt, daß es noch keinen Namen hatte. „O wir sollten es taufen, wie neulich die Wickelpuppe, das war doch ein gar zu hübsches Spiel", sagte Lisi und Prinzeßchen klatschte vergnügt in die Hände.

„Das ist prächtig! das ist allerliebst!" riefen die Kinder.

„Wir kleiden Kätzchen in das Taufzeug der Wickelpuppe", sagte Diane und Kätzchen mußte das Schleppkleid anlegen und wurde auf das rosa-atlas Kissen festgebunden; dabei schien es sich indeß nicht so behaglich und unterhaltend zu fühlen wie bei den anderen Spielen; es war indeß gehorsam und lag ganz still, während die Pathen sich putzten. Es war ja festgebunden.

Das Prinzeßchen schmückte sich wieder mit dem goldgestickten Shawl, Diane mit dem blauen Mantel, Amelie mit dem rosa Schleier, Lisi kleidete sich als Pastor und die lange Jenny erschien wieder als Herr Gevatter.

Wir haben bis jetzt noch nicht viel von der langen Jenny gesprochen und das aus guten Gründen. Es ist nicht angenehm, von unartigen Kindern sprechen zu müssen, und die lange Jenny war ein unartiges Kind. Freilich konnte sie nichts dafür; denn sie hatte ihre Mutter sehr früh verloren und wurde vom Vater und von der ganzen Dienerschaft verzogen, welche über ihre Unarten lachten und ihr allen Willen thaten. Sie war 8 Jahr alt und so groß wie ein 10jähriges Mädchen; aber in der Schule wußte sie nicht mehr als die sechsjährigen, und da sie nie ihre Aufgaben machte, mußte sie immer im Winkel stehen. Bei den Kindergesellschaften störte sie gern das Spielen, auch erregte sie immer Zank und man hatte sie nicht lieb und lud sie selten ein; heute war sie aber eingeladen worden.

„Wie soll das Kätzchen heißen?" frug Lisi.

„Krallkätzchen!" rief Jenny schnell.

„O nicht doch," erwiederte das Prinzeßchen, „das würde ja Kätzchen an seine einzigen Fehler erinnern."

„Schwanzelius," meinte Diane, „wegen des schönen Schwanzes, den es so anmuthig zu bewegen weiß."

„Scheckchen," sagte Amelie. „Kätzchen ist ja so scheckig wie die jungen Kastanien, die wir zuweilen aus den grünen Schalen pochen."

Prinzeßchen wollte aber von all diesen Namen nichts wissen.

„Ich dächte," meinte Lisi, „wir tauften Kätzchen Röschen, wegen des hübschen rosarothen Schnäuzchens, was es hat."

„Ja," sagte Prinzeßchen, „Kätzchen ist aber ein Kater und darf doch nicht einen weiblichen Namen haben. Auch wird das liebe Thier, wenn es so groß und dick ist wie Murr, der Hofkater, nicht gut Röschen genannt werden können."

„Nun," sagte Lisi, „so wollen wir es denn Rosaurus taufen; — so lang es jung ist, rufen wir es Röschen, und wird es alt und häßlich, so kann es Saurus genannt werden."

Damit waren die Kinder einverstanden und die Taufe begann. Die Pathen stellten sich im Kreise auf, wie damals, als die Wickelpuppe getauft werden sollte. Dem Joly wurde indeß die Demüthigung erspart, seinem Feind das Mützchen zu halten und er durfte im Lehnstuhl schlummern.

Lisi begann:

„Rosaurus, du sollst nicht wie die andern Katzen, arme

kleine Vögel verspeisen; du sollst sie nicht aus ihren Käfigen
herauskratzen mit grausamer Blutgier, worüber die Kinder,
denen sie gehören, dann so bitterlich weinen; du sollst nicht
die jungen Vögelchen aus den Nestern holen, daß die Alten
pipen und klagen über ihre unglücklichen Kinder.
Rosaurus, du sollst auch nicht die weißen Mäuschen
verfolgen, welche bei Nacht lustwandeln und durch die
rothen Augen und hellen Fellchen sich im Dunkeln
verrathen; Rosaurus, du sollst auch die andern Mäuse
ungestört knuppern lassen an Wurst und Speck, an Zucker
und Bisquit. Deine Pathen versprechen, dich recht gut zu
erziehen und dir immer so viel Bisquit und Braten zu geben,
daß du gar nicht an lebendige Leckerbissen denken kannst.
Du sollst durch die Liebe und Fürsorge deiner Pathen aus
einem wilden Raubthiere, aus einem blutdürstigen
Hausthiere, in eine edle, sanftmüthige Schooßkatze
umgewandelt werden." — —

So weit war Lisi in ihrer Rede gekommen, als sie plötzlich
unerwarteter Weise unterbrochen ward.

Jede Gevatterin hatte nämlich während der Rede den kleinen
Katzen-Täufling einige Secunden auf dem Arm gehalten, wie
das bei Lisis Schwesterchen auch geschehen war, und das
Kind hatte ganz still auf dem Rücken gelegen und nur
zuweilen mit den halbzugekniffenen Aeugelein geblinzelt.
Als nun die lange Jenny an die Reihe kam, fing diese an es
heftig zu wiegen, so daß der kleine Rosaurus unruhig ward.

„Ich möchte wohl," dachte Jenny, „daß der Balg etwas
schrie, er führt sich gar zu langweilig auf."

Während sie nun in scheinbarer Freundlichkeit das Gesicht
über ihn beugte, fuhr sie mit der Hand unter das lange
Schleppkleid und kniff Kätzchen recht tüchtig in den
Schwanz. Kaum war das aber geschehen, als der kleine
Täufling ein durchdringendes Geschrei ausstieß und in der
höchsten Wuth nach Jennys Gesicht sprang; es biß sie in die
Nase und schlug beide Vorderkrallen in ihre Wangen, so daß
sie vor Schreck das Kissen fallen ließ.

Das war Kätzchen eben recht, es schlüpfte heraus aus den
seidenen Fesseln und ergriff die Flucht; dabei überpurzelte es
sich einige Mal, weil das lange Taufkleid den schnellen Lauf

hinderte.

Ueber den Lärm erwachte Joly; er bemerkte schnell, welchen Vortheil Kätzchens Staat seinem Feind in die Hände spiele. Bellend verfolgte er das arme Thier; aber dieses sprang mit dem Taufkleid auf einen Stuhl und gab dem wüthenden Joly, trotz den schönen gestickten Aermeln, zwei derbe Ohrfeigen auf jede Seite, so daß ihm das Blut aus dem Munde strömte, und Joly heulend und schreiend sich verkroch. Rosaurus aber floh weiter und blieb mit der Schleppe an einem Thürriegel hängen, so daß dieselbe abriß; die Mütze hatte er lange schon verloren, dann schlüpfte er aus dem Taufjäckchen heraus, indem er mit Krallen und Zähnen alle Hindernisse zerriß und, heilfroh, seine Banden gebrochen zu haben, entfloh er, niemand wußte wohin. Niemand wagte auch das wilde Thier zu verfolgen, denn die Kinder fürchteten dessen Verzweiflung; sie lachten indeß nach überstandenem Schreck nicht wenig; nur Jenny weinte, denn sie blutete und es war zu vermuthen, daß sie noch lange die Narben der Katzenkrallen und Zähne tragen würde.

Mlle. Gogo kam herbei und wusch ihr die Wunden mit frischem Wasser; dabei zankte sie aber die Kinder aus wegen des Spiels und meinte, die Taufe sei eine heilige Handlung; sie sei eingesetzt, um die Menschen unter die Christen aufzunehmen und man müsse nicht Scherz treiben mit Kirche und Religion. Lisi bat sehr um Verzeihung, daß sie das Spiel vorgeschlagen und versicherte, daß sie es nicht überlegt habe.

Hierauf hatten die Kinder noch viel über den Vorfall zu plaudern, als die Dienerschaft gemeldet ward, um sie abzuholen; man nahm Abschied und Prinzeßchen konnte den Moment der Trennung gar nicht erwarten, um das liebe kleine Kätzchen ans Herz zu drücken, welches sich in seiner Angst sehr gut verborgen hatte. Es wollte gewiß den Augenblick abwarten, wo alles still war, um sein Abendbrot zu verlangen. — Aber es kam nicht. Prinzeßchen rief mit der süßesten Stimme; sie kroch unter Betten und Komoden; sie leuchtete ins Kamin: Rosaurus war nicht zu sehen. Prinzeßchen konnte sich lange nicht entschließen, ins Bett zu gehen; sie meinte, Kätzchen könnte nicht schlafen, wenn es nicht wie gewöhnlich in die Puppenwiege gebracht würde. Mlle. Gogo bestand aber darauf, daß die Prinzessin sich niederlege; diese weinte aber bitterlich, ehe sie einschlief und glaubte immer im Traum, den kleinen Rosaurus miauen zu hören.

Kapitel 4.

Das Katzenconzert.

Meine Freuden sind die Spiele
Mit Geschwistern lieb und hold.
In des Abends heit'rer Kühle
Seid ihr theurer mir als Gold.

Meine Freude ist die Liebe,
Die das Herz den Eltern weiht,
Des Gehorsams fromme Triebe
Und die reine Dankbarkeit.

Rosaurus war in seiner Angst über die lange Jenny, die ihn gekniffen, über Joly, der ihn verfolgt, über das Geschrei der Kinder, welches ihn erschreckt hatte, in raschem Laufe geflohen und durch alle fürstlichen Zimmer geeilt, um so viel als möglich Raum zwischen sich und seinen Feinden zu lassen; im letzten Zimmer hatte es im Kamin eine kleine Oeffnung entdeckt und war hineingeschlüpft, heilfroh sich in Sicherheit zu sehen, denn dorthin konnte selbst Joly nicht dringen; er setzte sich zufrieden auf seine Hinterbeine, schlug den Schwanz um seinen Körper und begann zu schnurren, was die Katzen immer zu thun pflegen, wenn sie über das Leben nachdenken. — Es war dunkel im Kamin, nur von hoch oben drang zur Oeffnung des Schlotes das Licht ein und erweckte in Rosaurus jenes Streben nach oben, jenes Bedürfniß der Seele, sich immer höher und höher zu schwingen, welches dem Katzengeschlecht angeboren ist. Er versuchte, in die schwarzberußten Wände des Kamins die scharfen Krallen zu fügen und siehe da! das kluge Thier, welches bisher nur auf ebener Erde und auf weichem Teppiche gewandelt hatte, es konnte klettern. Ja, Rosaurus kletterte und kletterte, bis er oben angelangt war, an das Ende der dunkeln Höhle, die nach einem neuen Leben führte. Rosaurus saß auf dem Dach; über sich hatte er den Himmel, zu seinen Füßen die Welt, d. h. den Schloßhof und einen Theil der Stadt. Die letzten Strahlen der untergehenden Sonne ließen die blechernen Dachrinnen in wunderbarer Pracht erglänzen; hie und da flatterte noch ein verspäteter Vogel. Der Hofrabe saß auf dem Balkon und krächzte sein Abendlied, während der Hofhahn sein letztes Kickeriki, welches wahrscheinlich eine „gute Nacht" für seine Hühner bedeuten sollte, von sich gab; Rosaurus saß staunend und entzückt auf dem Dache und wußte gar nicht, was er über alle die Schönheiten dieser Welt, die sich ihm erschlossen, denken sollte.

Da sah er aus einem Bodenfenster drei Gestalten hervorkriechen, bei deren Anblick sein Herz heftig zu schlagen begann. Er hatte diese Gestalten noch nie gesehen, er wußte nicht, wie sie hießen, es waren keine Menschen, denn sie gingen nicht auf zwei Füßen, es waren keine Hunde, obgleich sie auf allen Vieren einherschritten; o nein! es waren Wesen höherer Art; es mußten Katzen sein. Er vermochte sein Auge nicht von ihnen hinwegzuwenden, ihre anmuthigen Bewegungen hatten einen unwiderruflichen Reiz für ihn — die kleinen Kätzchen sprangen an der Alten empor; diese legte sie sanft mit der großen Sammetpfote auf den Rücken und tändelte mit ihnen in freundlicher Herablassung; dann leckte sie die Kleinen. Dieses ist nämlich die Art und Weise, wie die Katzen der Reinlichkeit pflegen, und für Rosaurus war dieses Beispiel eine ernste Mahnung. Ach, wie sah er aus! Auf der einen Katerpfote hatte er noch den Spitzenärmel des Taufkleides; der übrige Körper war geschwärzt vom Ruß des Kamins. Rosaurus streifte den Aermel ab und begann nun auch sich zu lecken, indem er jedoch die Katzenfamilie immer im Auge hatte und dann und wann durch ein zartes Miau ihre Aufmerksamkeit auf sich zu lenken suchte. Plötzlich erblickte die große Katze ihn; sie stutzte einen Augenblick und hielt ein mit dem Tändeln; sie setzte sich auf die Hinterbeine und sah ihn unverwandt an; dann näherte sie sich ihm mit dem Zeichen der größten Gemüthsbewegung! — Plötzlich fühlte Rosaurus sich von zwei zärtlichen Armen umschlossen und es ahnete ihm, daß seine Mutter ihn an's Herz drückte. Ja es war Mies Mies, die Hofkatze, welche den verlorenen Liebling so unverhofft wieder fand, nachdem sie ihn vierzehn Tage lang beweint hatte. Heute zum ersten Mal führte sie ihre beiden zurückgebliebenen Kinder in die Welt ein, jetzt hatten sie nichts mehr vom unnatürlichen Vater noch vom bösen Hofraben zu fürchten, diesen Gefahren waren sie entwachsen; auch konnte die grausame Schloßmagd sie hier nicht erreichen. O, das war eine große Freude des Wiedersehens! wie glücklich fühlte sich Rosaurus! wie hübsch spielte es sich mit den Geschwistern! welche zierliche Sprünge wurden im Mondenschein von den drei jungen Kätzchen aufgeführt! Die Mutter hatte ihre große Freude daran und schaute mit würdiger Miene dem muntern Treiben zu. Plötzlich drängten die Kleinen sich ängstlich um die Mutter, denn aus einem Bodenfenster leuchteten ein Paar unheimliche Augen, die sie mit Furcht erfüllten. Sie hatten aber keine Ursache zum Fürchten, denn es war niemand Anderes als Murr, der schwarze Hofkater, welcher nur noch zum Familienglück gefehlt hatte. Es gab eine rührende Erkennungsscene; dann setzte sich der Kater neben Mies Mies, und während die beiden Alten plauderten, spielten die Kleinen von Neuem und freueten sich des Lebens. Als sie das Bedürfniß nach Nahrung fühlten, führte Mies Mies sie alle nach der Bodenkammer, wo sie auf dem alten Strohsack eine leckere Mahlzeit anrichtete; dieselbe bestand aus Häringsgräten und Taubenknöchelchen. Rosaurus fand indeß keinen Geschmack daran; er rümpfte die Nase und dachte an die guten Bissen des prinzeßlichen Tisches.

„Ich habe," sagte Murr leise zu Mies Mies, „ein Sperlingsnest entdeckt; die Jungen müssen jetzt ziemlich flügge sein; wie wäre es, meine Liebe, wenn wir sie jetzt zusammen verspeisten, während die Jugend sich so herrlich belustigt."

„Mein Lieber," sagte Mies Mies, „wie könnte ich schwelgen in solchem Genuß, während meine lieben Kleinen denselben entbehren müssen; ich habe schon längst ein solches Nest gesucht, um ihnen den ersten Unterricht zu ertheilen, in jenem schönen anmuthigen Vogel- und Mäusespiel, worin unser Geschlecht so große Geschicklichkeit entwickelt; denn wir stürzen uns nicht gierig auf unsere Beute, wie andere Thiere, wir zeigen uns nicht gefräßig und sinnlich: o nein, wir wissen den Genuß zu verlängern und bekunden dadurch einen höhern Ursprung. Unsere Kinder hatten noch nie Gelegenheit, dieses Talent zu entwickeln."

Murr schien nicht große Lust zu haben, die gute Mahlzeit mit so Vielen zu theilen, indeß schämte er sich, seinen Eigennutz einzugestehen und so bewegte sich denn die ganze Familie nach einem andern Theil des Dorfes, wo in dem Winkel einer Dachrinne ein Sperlingspaar auf seinem Nestchen schlief. Murr ergriff die Sperlingsmutter mit scharfer sicherer Kralle, während das Männchen schreiend entschlüpfte. Ach, das Angstgeschrei des Weibchens erreichte sein Ohr. Murr hatte dasselbe der Mies Mies gebracht, welche die kleinen Katzen lehrte, wie sie den Vogel bald am Flügel, bald am Schwanz packen mußten, wie sie ihm bald eine Feder dort, bald eine hier entreißen sollten und wie sie das frische Blut zu lecken hatten; endlich fraß Murr das arme Thier, um ihnen zu zeigen, wie man mit Anstand einen Vogel verzehren müsse. Als nun Murr sich dem Neste wieder näherte, flatterten die jungen Vögel erschreckt auf; der Sperlings-Vater saß trostlos auf dem Schornstein, er schwang sich hoch in die Luft, von wo er Zeuge war des Todes seiner Kleinen; die ganze Katzenfamilie stürzte sich über dieselben her und entwickelte ihr Talent zum Vogelspiel; besonders Rosaurus zeigte sich sehr geschickt darin; er hatte sich nicht umsonst an Maraboutfedern, Knäulen und Puppen geübt; sein Vögelchen lebte am längsten — endlich fraß er es auf, wofür er eine derbe Ohrfeige vom Murr erhielt, welcher dieses auch hatte verzehren wollen, wie es mit den andern geschehen war. Diese Ohrfeige nahm Rosaurus sehr übel; er war nicht an eine so unwürdige Behandlung gewöhnt; auch verglich er im Stillen die guten Bissen in Prinzeßchens Zimmer, die Bisquits und gebratenen Fleische mit diesem Vögelchen au naturel. Mies Mies merkte seine Verstimmung, und um ihn auf andere Gedanken zu bringen, schlug sie einen Gesang vor. Mies Mies hatte eine wunderschöne Alt-Stimme, Murr einen guten Baß; Beide stimmten ein herrliches Duett an und die Discantstimmen der drei Kätzchen bildeten den Chor. Es war eine erhabene Musik! So etwas hatte Rosaurus

nie am Hofe gehört. Thränen der Rührung traten ihm in's
Auge, als er im herrlichen Mondschein, so nah dem
Himmel, seine Familie auf den Hinterbeinen sitzend, mit
halbzugekniffenen Augen, weitgeöffneten Schnauzen und
auf die Seite gebeugten Häuptern, so herrlich singen hörte.

Das Katzen-Concert.

Aber dieser Gesang sollte fürchterlich enden. Aus dem
Schornstein tauchte ein schwarzes entsetzliches Wesen — es

war ein Schlotfeger! Er schwang ein furchtbares Instrument und schrie gewaltig über den Katzenspectakel. Dann schleuderte er das Instrument mitten unter die Armen, welche in ihrer künstlerischen Begeisterung auf solche Störung keineswegs gefaßt waren; sie flohen nach allen Seiten zu unter lautem Jammergeschrei; das weiße und das schwarze Kätzchen waren schwer verwundet. Rosaurus entkam aber glücklich und fand auch das bekannte Kamin, wo er geschickt hinabsprang. Leise schlich er in die fürstlichen Zimmer und legte sich allein in die Puppenwiege, als der Morgen schon graute. Rosaurus dachte: Ja, hier lebt es sich doch besser als auf dem Dach, hier ruht es sich besser als auf dem alten Strohsack und die Hofspeisen schmecken besser als die Hofgräten. Rosaurus nahm sich vor, noch fernerhin hier zu bleiben und nur dann und wann Spatziergänge auf das Dach zu halten, um sich den Genuß der herrlichen Concerte zu gewähren. — Groß war des Prinzeßchens Freude, als sie am andern Morgen Rosaurus das Frühstück reichen konnte; aber wie sah Rosaurus aus! Sein ganzes Fell war schwarz geworden vom Ruß des Kamins und er hatte auch die schöne Puppenwiege und des Prinzeßchens weißes Nachtkleid schwarz gemacht. Er saß neben der kleinen Prinzessin, als sie folgendes Gedicht in den Lehrstunden aufsagen mußte:

Die Katzen und der Hausherr.

Murner, eine Cyperkatze
Gab unlängst den Gildeschmauß,
Und ersahe sich zum Platze
Eines Bürgers Wohnung aus.

Mensch und Thiere schliefen feste,
Selbst der Hausprophete schwieg,
Als ein Schwarm geschwänzter Gäste
Von den nächsten Dächern stieg.

Murner kommt, sie zu begrüßen,
Führt sie d'rauf in einen Saal,
Und setzt jeden auf ein Kissen
Von der feinsten Katzenzahl.

Sechzig feiste Mäusezimmel
Machten die Versammlung satt;
Ob geschickt, das weiß der Himmel,
Jeder giebt's so gut er hat.

Von der Mahlzeit ging's zum Tanze,
Wo der Wirth sich hören ließ,
Und auf einem Rattenschwanze
Manch verliebtes Stückchen blies.

Hinz, des Erstern Schwiegervater,
Sang darein erbärmlich schön,
Und zween abgelebte Kater
Quälten sich, ihm beizusteh'n.

Jetzo tanzen alle Katzen,
Poltern, lärmen, daß es kracht,
Zischen, heulen, sprudeln, kratzen,
Bis der Herr im Haus erwacht.

Dieser springt mit einem Stecken
In den finstern Saal hinein,
Schlägt um sich, sie zu erschrecken,
Schmeißet einen Spiegel ein.

Stolpert über einige Späne,
Stürzt im Fallen auf die Uhr,
Und zerbricht zwei Reihen Zähne.
Blinder Eifer schadet nur!

Was mochte wohl Rosaurus denken, als die Prinzessin dieses Gedicht aufsagte? Gewiß erweckte es in ihm Erinnerungen an die vergangene Nacht.

Kapitel 5.

Katzenerziehung.

Artig, flink und rein
Müssen Kätzchen sein.

Rosaurus wurde nun zu einem recht liebenswürdigen
Kätzchen erzogen; ja er zeigte täglich mehr seine großen
Anlagen zu den bei einem wirklichen Hofkater so nöthigen
Hofmanieren. Er eignete sich immer mehr den Ton der
feinen Welt an, und wenn auch die kleine Prinzessin sich
nicht sehr bemühte, zu seiner Erziehung beizutragen,
indem sie ihn eigentlich nur verzog, so erwarb sich doch
Mlle. Gogo große Verdienste um seine Bildung.

Eines Tages hatte Rosaurus sich gerade auf den Sammtsessel
gelegt, den die Prinzessin bei der Lection einnehmen sollte
und schien sehr süß zu schlafen, denn er schnarchte laut.
Als nun die Prinzessin ihn vom Stuhl herunter schieben
wollte, so leise und zart als möglich, indem sie ihm noch
gute Worte gab, da ließ das böse Thier ihm seine Krallen
fühlen und vier blutige Streifen liefen auf dem weißen Arm
herab. Da ergriff Mlle. Gogo aber eine kleine Ruthe und
schlug Rosaurus damit recht derb auf den Rücken; er schrie
und floh unter das Kanapee. Aber er war ein kluges Thier
und man hat es nie wieder erlebt, daß er sein
Sammetpfötchen verleugnet hätte, wenn die Prinzessin sich
mit ihm abgab. — Ja er legte sich nie wieder auf ihren
Sammtsessel, sondern auf ein Fußbänkchen ihr zu Füßen;
dort rührte Rosaurus sich nicht, während sie Unterricht
hatte; ja zuweilen hörte er so aufmerksam zu, daß man hätte
meinen sollen, er verstände alles, was die Lehrer lehrten.
Nur bei dem Klavier-Unterricht wurde es ihm unheimlich

zu Muthe und man sah oft, daß er sich mit seinen kleinen Pfoten die Ohren zuhielt, wenn die Prinzessin spielte. Vielleicht waren es einige falsche Töne, die dem für Katzenkonzerte so gebildeten Ohre weh thaten. Oder liebte Rosaurus überhaupt nicht alles, was zu laut war? Ja! wenn die Prinzeß die Janitscharen-Musik anstimmte, da begann Rosaurus oft zu miauen und mußte zum Zimmer hinausgebracht werden. Eine andere üble Angewohnheit mußte der junge Kater ablegen. Er liebte nämlich vor Allem zu klettern, und da es im fürstlichen Zimmer weder Bäume, noch Mauern, noch Dächer gab, um seinem angeborenen Trieb zu genügen, sprang er gern auf die Tische. Da stieß er im kühnen Sprung manches hübsche Nipp herab; ihm war es ganz einerlei, ob eine schöne vergoldete Tasse, ein kostbares Kristallglas oder ein sonstiges Kunstwerk zu Grunde ging; da mußte Mlle. Gogos Ruthe ihm erst den richtigen Kunstsinn beibringen. Einstmals war er auf des Prinzeßchens Schreibtisch gesprungen, hatte erst mit ihren Federn gespielt, dann ein kostbares in Leder gebundenes Album zernagt und zuletzt noch das Tintefaß umgeworfen. Das war eine schöne Bescherung! Der arme Rosaurus mußte gewaltig dafür büßen.

Rosaurus hatte eine große Abneigung gegen die Ruthe; wir glauben, daß es nicht blos um des physischen Schmerzes willen war, sondern auch wegen seiner Ehre; dann mochte er auch nicht leiden, daß sein Fell in Unordnung gerieth; er hatte den Grundsatz, daß wenn man in guter Gesellschaft lebe, man auch anständig gekleidet sein müsse. Die Katzen pflegen nun Toilette zu machen, indem sie sich lecken. Das rosa Züngelchen dient ihnen als Kleiderbürste, der eigene Speichel als Schönheitswasser. — Rosaurus hatte nun ein Plätzchen gefunden, wo es keinen Schaden anrichten konnte; das war nämlich die Fensterbrüstung. Dort saß er viel und leckte sich. Sein Fell glänzte wie Schillertaffet; den Schwanz schlang er auf anmuthige Weise um den Körper, so blickte er hinaus in die Welt, und alle Vorübergehenden, die ihn sitzen sahen, blieben stehen und sagten: — „ach seht doch das hübsche Kätzchen der Prinzessin!"

Als nun einstmals die Freundinnen wieder eingeladen wurden, waren sie höchst erfreut, ihren kleinen Taufpathen wieder zu sehen und alle streichelten ihn freundlich, nur Jenny nicht, welche noch immer Spuren seiner Zähne und Krallen im Gesicht trug. Wenn sie ihn ansah, dachte sie immer: „Das abscheuliche Thier, wenn ich ihm nur etwas anhaben könnte!" Rosaurus mochte ihre üble Absicht ahnden, denn er entfernte sich und ließ sich den ganzen Abend nicht mehr sehen.

Als die Kinder nun abgeholt wurden, war Jenny die erste, welche sich entfernte, und als sie im Vorzimmer ihren Mantel umnehmen wollte, siehe, da hatte sich Rosaurus auf demselben gebettet und schlief so fest und süß, daß er nicht einmal von einer Störung träumte.

„Du häßliches Thier," sagte Jenny leise, „da hab' ich dich endlich; du sollst mir nun für deinen Frevel büßen" und geschwind, ehe es Jemand sah, und ehe Rosaurus sich auf ein hülferufendes Miau besinnen konnte, steckte sie ihn in den Arbeitsbeutel und trug ihn mit sich fort.

„Das ist recht gut, dachte sie im Gehen bei sich selbst, daß das Thier auf gute Manier fortkommt; denn seitdem es beim Prinzeßchen ist, kann gar nichts Ordentliches mehr gespielt werden, alles bewegt sich um das dumme Thier! Wie ich es hasse!"

Jennys Weg führte über eine Brücke; „ich werde Rosaurus ins Wasser werfen," sagte sie zu sich selbst, „da ist es mit ihm auf immer vorbei!"

Als das Prinzeßchen vor Schlafengehen ihren Rosaurus vergebens suchte, da dachte sie: O er wird gewiß wieder zur Esse hinauf sein auf das Dach zu seinen Geschwistern; denn sie hatte durch die Hofmagd von der Katzengesellschaft gehört, die der Schlotfeger an jenem Abend gestört hatte, so wie auch von den zwei schwer verwundeten Kätzchen, und sie ließ dem Schlotfeger befehlen, ihren Rosaurus nicht wieder zu erschrecken; dann legte sie sich nieder und tröstete sich mit der Hoffnung, am andern Morgen Rosaurus wieder zu sehen. Diese Hoffnung sollte aber nicht in Erfüllung gehen.

Kapitel 6.
Die Kinder der Armuth.

Trockne deine heißen Zähren
Von dem bleichen Angesicht;
Bald wird Gott dir Trost gewähren,
Er vergißt dich ewig nicht.

In einer engen Straße lebte in einem kleinen Häuschen eine arme Familie. Sie bewohnte ein niedriges rauchgeschwärztes Hinterstübchen. Vater, Mutter und Kinder waren in Lumpen gehüllt. Der Vater lag auf einem Strohsack, welcher des Nachts als Familienbett diente; er hatte den ganzen Tag darauf gelegen in jenem halbwachen Zustand, den der Genuß geistiger Getränke, vereint mit Trägheit des Körpers und Verstimmung der Seele hervorzubringen pflegt. Ob er nicht arbeiten konnte oder wollte? wer weiß das. Die Mutter arbeitete auch nicht, sondern saß auf einer hölzernen Bank und hatte ein dreijähriges Töchterchen auf dem Schooß, welches eben so schmutzig und ungekämmt war, als sie selbst. Ein anderes kleines Mädchen von 8 Jahren kauerte im Winkel und weinte; sie hatte Weh am Fuß, weil sie in einen Glasscherben getreten hatte; denn das arme Kind mußte immer barfuß laufen, weil die Eltern ihr keine Schuhe kaufen konnten.

Dieses kleine Mädchen hieß Dorothea und wurde gewöhnlich Dorte genannt.

„Mich hungert's so sehr", klagte Dorte, „wäre nicht mein bößer Fuß, so hätte ich Euch schon längst etwas heim gebracht. Wilhelm braucht immer mehr Zeit, um etwas zusammen zu betteln."

„Wie kommt das nur?" fragte die Mutter.

„Ja, er kann sich nie ein Herz nehmen, die Leute anzubetteln, da schiebt er mich immer vor; er maust viel lieber."

„Halts Maul, Mädchen!" schrie der Vater, „wenns Jemand hört, so —"

„Ich wollte ja eben, daß Vater und Mutter es hören möchten," sagte Dorte; „mir gehorcht Wilhelm nicht, und ich fürchte immer, daß er noch sich selbst und uns Alle ins Unglück bringt."

„Wir armen Leute," erwiderte der Vater, „müssen eben so gut leben, als die Reichen, und wenn diese uns nichts geben, so nehmen wir's."

D o r t e. Ich habe neulich in der Schule ein Verschen gelernt, welches ich immer befolgen will: „Du sollst nicht lügen und nicht stehlen, und was du findest, nicht verhehlen."

Mu tt e r. Dabei wirst Du aber nicht sehr reich werden!

D o r t e. Und doch brachte ich neulich einen ganzen Thaler mit nach Hause. O der glänzte! Prinzeßchen hatte ihn mir geschenkt, als es im Winter so kalt war und ich so bitterlich weinte, weil mich so hungerte.

Mu tt e r. Ich weiß wohl, daß du nie so gut weinen kannst, als wenn du Hunger hast.

D o r t e. Darum schickt Ihr mich so oft mit leerem Magen zum Betteln aus.

Va t e r. Ja die Dorte zwingt es immer mit ihren Thränen, der Wilhelm aber mit dem Verstande. Das ist ein kluger Kopf! der wird es noch weit bringen.

D o r t e. Bis zum Galgen! so meinte neulich ein dicker Herr.

Mu tt e r. Wer war der Schändliche, der sich unterstand, das von meinem Wilhelm zu sagen?

D o r t e. Ich kenne ihn nicht, es war am Sonntag.

Va t e r. Wo der Wetterjunge 12 Groschen nach Hause brachte.

D o r t e. Ja! die er sich mit Lügen verdient hatte.

M u tt e r. Wie so denn?

D o r t e. Er hatte sich an einer Straßenecke aufgestellt, wo viele Leute vorüber gehen mußten; dort that er, als ob er weine und etwas suche. Kam nun ein Mitleidiger vorüber und frug: was ihm fehle? so klagte er, daß er einen Groschen verloren habe, wofür er für die kranke Mutter Arznei habe kaufen sollen; nun werde er Schläge erhalten, wenn er nach Hause käme. Und mancher Vorübergehende schenkte ihm einen Groschen. So wie der Geber sich aber entfernt hatte, begann die Geschichte von Neuem.

V a t e r. Der Blitzjunge!

D o r t e. Ja, und wie gut er weinen konnte! selbst wenn ich Hunger habe und mit leerem Magen betteln muß, kann ich es nicht so gut.

M u tt e r. Du wirst aber immer ein dummes Mädchen bleiben.

D o r t e. Ich möchte aber auch nicht so ankommen, wie Wilhelm an jenem Tage.

V a t e r. Nun, wie kam er denn an?

D o r t e. Ein dicker Herr, der ihm schon ein Mal einen Groschen geschenkt hatte, kam zufällig denselben Weg wieder zurück. Wilhelm erkannte ihn aber nicht wieder und begann abermals, um den verlorenen Groschen zu weinen und zu schluchzen. Da gab der Herr ihm eine Ohrfeige rechts und eine links und sagte: — „Vielleicht rettet dich das von dem Galgen."

Rosaurus wird gestohlen.

Man hörte hier die Hausthür gehen und herein trat
Wilhelm mit einem sehr vergnügten Gesicht. Er hielt etwas
unter der Rocktasche verborgen und als er sich versichert
hatte, daß niemand Fremdes im Zimmer sei, zog er einen
schweren Arbeitsbeutel von grünem Sammet hervor.

Der Vater erhob sich bei diesem Anblick von seinem Lager,
die Mutter rückte dem Tisch näher, Dorte und die kleine

Hanne blickten mit neugierigen Augen nach dem erbeuteten Gegenstande in der Hoffnung, etwas Erfreuliches daraus hervorlangen zu sehen. Vater und Mutter erwarteten Geld, die Kinder Lebensmittel. Wilhelm erzählte, er habe den Beutel einem kleinen Mädchen vom Arm geschnitten bei der großen Brücke. „Die wird sich wundern!" sagte er; „sie hat gar nichts gemerkt; auch war es schon etwas dunkel."

Er öffnete den Beutel und heraus kam — R o s a u r u s ; er schien sich nicht ganz behaglich zu fühlen, ja sogar auf einen feindseligen Angriff gefaßt zu sein; denn er machte einen gewaltigen Katzenbuckel und begann zu knurren und zu pusten. Die Kinder lachten. „Nun," meinte der Vater, „da hättest du auch etwas Besseres erwischen können." Glücklicherweise fand sich nebst einem Taschentuch auch ein Fünfgroschenstück im Beutel; auch kramte Wilhelm einige Semmeln und Aepfel aus, die er in der Dämmerung von Bäckern und Höckern gestohlen hatte. — Man theilte solche unter sich und verzehrte sie.

Rosaurus fühlte sich keineswegs heimisch in dieser Umgebung, er war ja an den fürstlichen Palast gewöhnt; auch verschmähte er die Brodkrumen, welche Dorte ihm bot, und machte ein ganz philosophisches und nachdenkliches Gesicht. Vielleicht dachte er an seiner Pathen Versprechungen von Bisquit und Leckerbissen, denn er brach in ein klägliches Miau aus.

„Was sollen wir nur mit der Katze anfangen, Wilhelm?" sagte die Mutter, „du wirst uns doch nicht zumuthen, unsere Kaffee-Milch mit ihr zu theilen. Wirf sie zum Fenster hinaus oder setze sie vor die Thür."

„Das arme Thier," meinte Dorte; „es ist gewiß gewohnt, recht gut verpflegt zu werden und wird sich auf der Straße unbehaglich fühlen; wir wollen es bis morgen früh behalten, dann trag ich es in ein vornehmes Haus, wo man es gewiß aufnimmt."

„Nein, nein!" sagte Wilhelm, „die Katze ist mein und bleibt hier. Ich weiß schon, was ich mit ihr anfange. Morgen geht das Vogelschießen los, da bringe ich sie in die Menagerie und verkaufe sie als einen Braten für den großen Löwen. Wenn ich auch nichts dafür bekomme als den freien Eintritt. Ich sehe so etwas gar zu gern, besonders die Affen — von ihnen kann man recht geschickt stibitzen lernen. Auch giebt es dort gefüllte Taschen, erreichbare Taschentücher, unbeachtete Arbeitsbeutel — kurz eine gute Ernte für arme und geschickte Leute."

In dieser Gesellschaft brachte Rosaurus die Nacht zu, und schlummerte in Dortens Schooß so sanft, wie in seiner Puppenwiege.

Am andern Morgen ward es sehr bald lebendig, denn es war der Tag der Holzlese und Vater und Mutter gingen in den Wald. Beide waren dafür bekannt, daß sie lieber frische Aeste abbrachen, als sich mit dem alten Holz begnügten; dadurch fiel ihre Erndte auch immer reichlicher aus, als die anderer armen Leute.

Wilhelm und Dorte sollten in die Schule gehen; letztere wusch und kämmte vorher das Schwesterchen; dann gab sie Rosaurus ihre Milch und trank ihren Kaffee schwarz. Wilhelm dehnte sich aber noch lange auf seinem Strohsacke.

„Willst du nicht aufstehen?" sagte Dorte, „es ist bald Zeit zur Schule." Langsam erhob er sich, frühstückte und machte Anstalt, die Schwester zu begleiten. Als sie die Thür hinter sich geschlossen hatten, sagte Dorte: „Es freut mich, daß Hannchen heute nicht so ganz allein bleibt, wie gewöhnlich."

„Wer ist denn bei ihr?" frug der Bruder.

„Nun das Kätzchen."

„Potztausend! das hatte ich ganz vergessen," sagte er, indem er noch ein Mal die Thür aufriß, rief er in die Stube. „Hanne, wenn du mir das Kätzchen anrührst, so kriegst du Prügel!" —

Hannchen war aber ein sehr unfolgsames Kind; sie war nicht zum Gehorsam erzogen worden, und man brauchte ihr nur etwas zu verbieten, so bekam sie Lust, es zu thun. Als sie sich also allein mit Kätzchen sah, ging sie auf dasselbe zu, um es zu streicheln. Rosaurus ließ sich das wohl gefallen und schnurrte; dann nahm sie das Kätzchen auf den Arm und trug es im Zimmer umher. — Dann meinte die Kleine, sie wolle etwas zum Fenster hinaus sehen;

deshalb stieg sie auf einen Stuhl, machte das Fenster auf und lud Kätzchen ein, sich aufs Gesims zu setzen und die Vorübergehenden zu betrachten.

Rosaurus schien Gefallen daran zu finden und nahm seine philosophische Stellung auf den Hinterbeinen an und überlegte sich, was er thun wolle? Das Fenster war sehr niedrig, ein kleiner Sprung und Rosaurus war auf der Straße. Vielleicht konnte er sich dann leicht in der Stadt zurecht finden, und ins Schloß oder wenigstens zu einer Freundin des Prinzeßchens gelangen.

Rosaurus fand diesen Schritt sehr gerathen, er machte Anstalt, die innere Fensterbrüstung mit der äußeren zu vertauschen; — Hannchen wollte es nicht leiden und erfaßte den Flüchtling beim Schwanz — aber Rosaurus schlug seine Krallen in des Kindes Händchen und husch! — unten war er, worauf er in gestrecktem Laufe die Straße verließ.

Kapitel 7.

Weitere Erlebnisse des jungen Katers Rosaurus.

Wer jetzt das Thierlein liebt,
Wird einst auch Menschen lieben,
Wer jetzt das Thierlein quält,
Wird Menschen einst betrüben.

Als Rosaurus an das Ende der Straße gelangt war, hielt er im raschen Laufe an, um wieder zu Athem zu kommen; er setzte sich auf einen Prallstein, um die unbekannte Straße und seine eigene Lage besser zu überschauen. Ach! er war in eine ganz fremde Welt gerathen, in welcher er sich nicht zurecht finden konnte. Fremde Menschen gingen an ihm vorüber, ohne ihn eines Blickes zu würdigen; ach! wie fühlte Rosaurus sich unglücklich und verlassen. —
Plötzlich aber schien sein Schicksal sich aufzuklären; zwei kleine wohlgekleidete Mädchen kamen daher, begleitet von ihrer Bonne. Sie hatten große Arbeitstaschen und schienen in die Schule gehen zu wollen. Rosaurus erkannte Lisi und Amelie, seine beiden Freundinnen, und hoffte, die Stunde seiner Erlösung habe geschlagen. Er sprang hinunter vom Prallsteine und eilte auf die Kinder zu, sich mit einem ausdrucksvollen Katzenbuckel an Lisi anschmiegend und ihr zwischen die Füße laufend. Die Kinder blieben stehen.

„Ach! das niedliche Kätzchen," sagte Amelie, „das sieht doch gerade aus, wie der Rosaurus der Prinzessin."

L i s i. Wie käme dieser aber hierher? der schlummert wahrscheinlich noch in seiner Wiege, oder frühstückt Milch und Bisquit, während dieses arme Thierchen hier ziemlich hungrig zu sein scheint.

A m e l i e. Könnten wir es doch mitnehmen, das Kätzchen sieht uns an, als wolle es unseren Schutz anflehen, es hat gewiß seinen Herrn und seine Heimath verloren.

„O!" sagte die Bonne, „es gehört wahrscheinlich in eins der benachbarten Häuser, man wird es bald suchen und wir würden einen Diebstahl begehen, wenn wir es mit uns nehmen wollten." Lisi meinte auch, daß sie doch unmöglich ein Kätzchen mit in die Schule bringen könnten, und schlug vor, dem armen Thiere etwas zu fressen zu geben und nach beendeter Schule wieder an dieser Stelle vorüber zu gehen, um es mitzunehmen, wenn es noch immer so verlassen, einsam und unglücklich sein sollte.

Die Kinder brockten zufolge dieses Beschlusses, den auch die Bonne billigte, etwas Bisquit und Semmel auf einen reinlichen Stein der Straßenecke, wünschten dem Kätzchen guten Appetit und gingen von dannen.

Da Rosaurus wirklich großen Hunger hatte und ihm kein Mittel zu Gebote stand, sich seinen Freundinnen zu erkennen zu geben, indem sie die Katzenbuckel-Sprache doch nicht so ganz deutlich zu verstehen schienen, stürzte er sich gefräßig über das Bisquit her, indem er sorgfältig die Semmelbrocken liegen ließ. — Er sollte indeß, noch ehe er die Mahlzeit vollendet hatte, gestört werden; denn er vernahm aus der Ferne ein furchtbares Donnern und Krachen, und meinte einen Augenblick, die ganze Welt gehe unter; sein Gemüth beruhigte sich nicht, als er die Veranlassung dieses Geräusches erblickte. Es kam nämlich ein Ungeheuer die Straße entlang gesaust; war es ein Thier? war es etwas Anderes? Es hatte vier glänzende Augen, acht Beine, und noch außerdem vier Räder, welche den ungeheuren Lärm verursachten. — Später erfuhr Rosaurus wohl, daß es eine Kutsche mit zwei Rädern sei, aber damals war er ja gar zu unerfahren in der Welt. Als das Ungethüm sich auf ihn zu bewegte, ergriff er die Flucht; er wähnte sich verfolgt, weil die Kutsche denselben Weg einschlug, wie er, und so lief und lief er denn, bis er in eine Seitenstraße gerieth, wo der gefährliche Feind vorüber fuhr. So hatte Rosaurus in der wilden Flucht sich weit entfernt von der Stelle, wo Lisi und Amelie ihn wieder zu finden gedachten. Rosaurus sollte aber bald noch andere Gefahren kennen lernen. —

Ein vierbeiniges Geschöpf ließ sich nämlich am äußersten
Ende der Straße erblicken. Rosaurus dachte sich gleich, daß
dasselbe ein Hund sei, obgleich es keineswegs dem Joly
glich, es war gewiß viermal größer als Joly, hatte ganz
schwarzes gelocktes Haar, lange herunterhängende Ohren
und kleine schwarze Augen, welche unter dichten
Haarbüscheln hervorglänzten.

Als der Pudel Kartusch den Rosaurus erblickte, stutzte er
einen Augenblick und legte durch ein kurzes abgebrochenes
Gebell seine katzenfeindlichen Gesinnungen an den Tag.
Rosaurus war unschlüssig über seinen Vertheidigungsplan.
Konnte er hoffen, mit seinen zarten Krallen dem großen
Hund Ehrfurcht einzuflößen, wie dem kleinen Joly? Gewiß
nicht! Ihm erschien also die Flucht das gerathenste zu sein.
Ach, er wußte nicht, wie schnell Kartusch laufen konnte! —
Kartusch hatte großen Respekt vor den Krallen der Katzen,
aber gar keinen vor ihrem Schwanz, und als er letzteren sich
zugewendet sah, verfolgte er mit freudigem Bellen das arme
geängstete Thier. Rosaurus hörte sein Schnaufen und
Knurren, sein drohendes Gebell immer näher rücken, immer
mehr schwand der Raum zwischen ihm und seinem
Verfolger; er fühlte schon den heißen Athem des Pudels und
glaubte auch schon dessen Zähne zu fühlen — da ersah er
einen Baum — noch ein Mal strengte er seine schwindenden
Kräfte an und sprang hinauf — bloß ein kleines Stück seines
Schwänzchens blieb in Kartusch's Zähnen zurück; das that
zwar weh, es blutete, aber sein kostbares Leben war doch
gerettet. Rosaurus blickte hohnlächelnd und pustend herab
auf den wüthend bellenden Kartusch, der sich gar nicht
darüber zufrieden geben konnte, daß seine Beute ihm
entrissen war. — Endlich wurde Kartusch durch einen Pfiff
seines Herrn abgerufen.

„O, hätte der doch eher gepfiffen," seufzte Rosaurus, indem
er seinen blutenden Schwanz leckte.

O welch ein Unglück! dieser Schwanz, sein Stolz, seine
Freude; dieses Glied seines Körpers, welches dem Kater eine
Aehnlichkeit mit den Kometen des Himmels giebt, es war
verstümmelt; Rosaurus war auf ewig geschändet! Er
überließ sich ganz seinem Schmerz und brach in laute

Klagen aus.

Diese Klagen vernahm eine muntere Knabenschaar, welche so eben aus der Schule kam. Das ist der Augenblick, wo die Kinder am übermüthigsten zu sein pflegen. Sie nahmen Steine und warfen nach dem armen schreienden Thier. Rosaurus flüchtete immer höher in die dichtesten Zweige des Baumes; er zog sich hinter die verschlungendsten Aeste zurück und suchte sich zu schützen gegen das Wurf-Material, welches von allen Seiten in seiner Nähe einschlug, entweder vorbeiflog oder an den schützenden Zweigen abprallte. Ein kühner Knabe entschloß sich, an dem Baum hinauf zu klettern; alle jubelten über diesen Entschluß; der Steinregen war zu Ende und die Jugend blickte neugierig und mit reger Theilnahme dem Kletternden nach; Rosaurus hatte sonach eine neue Gefahr zu fürchten. Der kletternde Knabe mußte sich an die innern Baumäste halten, wo Rosaurus von den Steinen hingetrieben war, so daß letzterer sich genöthigt sah, seine Zufluchtsstätte zu verlassen und die äußersten Spitzen der höchsten Aeste aufzusuchen. Rosaurus war sehr leicht, ihn trug das dünnste Zweigelchen; die Vögel flohen erschreckt aus den Wipfeln des Baums, indem sie ein ängstliches Piep Piep ausstießen, und Rosaurus verspürte in diesem Augenblick einiges Gelüste nach dem Vogelspiel, er mußte aber diese strafbaren Gedanken unterdrücken wegen der eigenen Gefahr, welche auch wirklich mit jeder Minute stieg; denn als der Knabe auf dem Baum nicht Rosaurus selbst packen konnte, ergriff er den Ast, auf dessen äußersten Spitzen das arme geängstete Thier saß und schüttelte denselben so stark, daß er sich nicht länger darauf halten konnte. Rosaurus stürzte aus der schwindelnden Höhe herab, unter lautem Freudenruf der Schuljugend.

Jedes andere unbeflügelte Thier würde unstreitig den Hals gebrochen haben; aber die Katzen haben die große Geschicklichkeit, immer auf den Beinen zur Erde zu gelangen; das war auch jetzt der Fall mit Rosaurus. — Seine Füße waren freilich geprellt und hätten der Ruhe und Pflege auf weichem Bettchen bedurft; aber unter dieser blutdürstigen Umgebung konnte er nicht weilen — er mußte wieder zu schneller Flucht greifen und unter neuem

Steinregen davon laufen. — Als er endlich sich sicher glaubte, fühlte er sich von einer kleinen aber kräftigen Hand gepackt und eine wohlbekannte Stimme rief. „Du bist mein," und steckte Rosaurus unter seinen Rock.

Es war niemand anders als Wilhelm, welcher aus der Schule kam und, in der Hoffnung, dem Löwen zwei Braten, d. h. zwei Kätzchen, bringen zu können, die ganze Verfolgung des armen Thiers geleitet hatte.

Es gab indeß großen Spektakel zu Haus, als Wilhelm Rosaurus Flucht entdeckte und in dem armen abgehetzten, verstümmelten Kätzchen sein Eigenthum erkannte. Hannchen wurde von ihm geschimpft, geschlagen und gekneipt, bis Dorte ihr zu Hülfe kam.

Am Nachmittag sah Wilhelm indeß ganz anders aus, als am Morgen, denn er hatte sich sorgsam gewaschen und gekämmt, eine wohlgeflickte Sonntagsjacke angethan, die verschossenen Hosen stramm gezogen, die Strümpfe in die Höh gebunden und die Schuhe geschwärzt. „Jetzt," sagte er, „bin ich ein schmucker Mensch und ich glaube, der Löwe würde mich verspeißen, wenn er könnte; ich bin ganz geeignet, um ihm Appetit einzuflößen." Rosaurus wurde nun in die Rocktasche gesteckt und so gings zum Vogelschießen.

Man zog gerade den großen hölzernen Vogel unter Musik und Kanonenschüssen empor. Es war ein Adler mit zwei Köpfen. Kronen, Scepter und Reichsapfel waren vergoldet. Es wurde Rosaurus recht unheimlich im Gedränge, denn Wilhelm war immer da, wo es am dichtesten war und zwar aus guten Gründen.

Viele Buden mit Sehenswürdigkeiten waren aufgeschlagen. Da gab es Wachsfiguren, Panoramen, Seiltänzer, Taschenspieler und Marionetten zu sehen; am meisten gab es aber Eßbuden, welche die herrlichsten Bissen aufgestellt hatten. Da zischten und dampften Bratwürste, dort gab es Kuchen, Torten, Früchte; Rosaurus verspürte großen Appetit und auch noch andere empfanden solchen.

Viele Leute kauften und ließen es sich wohl schmecken; aber viele standen dabei und konnten sich nichts kaufen und man sah es ihnen doch an den Augen an, daß sie es so gern gethan hätten; das waren die Armen. Darunter gehörte auch Wilhelm. — Er tröstete sich aber mit dem Gedanken, daß er noch vor Schlafengehen sich auf irgend eine Weise ein Stück Kuchen verschaffen werde und mit diesem Trost lief er zur Menagerie.

Diese war leicht aufzufinden, denn vor derselben schrien Papageien und tanzten Affen in wunderlichen Sprüngen. Wilhelm bot dem Besitzer der Menagerie sein Kätzchen zum Verkauf. „Das ist ein rechtes Futter," sagte der Mann in verächtlichem Ton, „das füllt ja kaum einen hohlen Zahn des Löwen aus; doch um des Spaßes willen nehm ich dir den Kater ab. Da hast du einen Groschen, und wenn du sehen willst, wie dein Kätzchen gefressen wird, so kannst du in einer Stunde wieder kommen, da wird gefüttert — du sollst eingelassen werden, ohne zu zahlen."

Wilhelm lief nun mit seinem Groschen zur Kuchenbude. Er dachte zwar daran, daß der Vater ihm befohlen habe, alles Geld nach Hause zu bringen; „da müßte ich doch ein rechter Narr sein!" sagte er zu sich selbst, kaufte ein Stück Kuchen, welches er sehr gemüthlich verzehrte, während einige seiner armen Schulkameraden ihm nicht ohne Neid zusahen.

Kapitel 8.

Die großen Katzen.

Tiger! Tiger! Flammenpracht!
In des Waldes dunkler Nacht,
Wo die kühne Meisterhand,
Die sich dieses unterstand,
Daß die Gluth sie angefaßt,
Die du in den Augen hast.

Ward aus Himmel oder Höll'
Ausgeschöpft die Feuerquell?
Alles wie aus einem Guß!
Welche Hand! und welcher Fuß!
Wo die Esse, die so stolz,
Dieses Hirn aus Erz dir schmolz!

Aller Wesen letzter Tag
Tiger ist dein,
Was du anfaßt, das ist roth,
Was du angefaßt, ist todt.
Tiger, Tiger, fürchterlich!
Der das Lamm schuf — schuf er dich?

Als Wilhelm nach der Menagerie zurückkam, vernahm er schon lautes Brüllen. Im Vorplatz wurden große Stücke Fleisch zerschnitten; diese wurden sodann vertheilt, und Wilhelm weidete sich an der Freßbegierde der Thiere, an ihren scharfen Zähnen und an den wilden Tönen, welche sie dabei ausstießen. Man warf das Kätzchen in des Löwen Käfig; es zitterte, und Wilhelm dachte schon, das große Thier werde seiner Angst bald ein Ende machen und es unter seiner Riesentatze ersticken. Aber nein! der Löwe schien es gar nicht zu bemerken, es konnte ganz sicher bei ihm leben; wenn er es nicht aus Zufall zertrat, mit Willen that er es gewiß nicht. Kätzchen verlor auch wirklich bald alle Angst; es leckte von dem blutigen Fleisch, welches der

Löwe zur Mahlzeit erhielt — das arme Thier mußte ja auch sehr hungrig sein; der Löwe ließ es sogar geschehen, daß es ein kleines Stückchen fraß, und als es gesättigt war, zeigte es sogar Lust, mit dem Schweif des Königs zu spielen, wie es mit Mlle. Gogo's Mützenschleife gespielt hatte.

Als nun die Thiere gefüttert waren, räusperte sich der Menageriebesitzer, und indem er mit einem Stock nach den verschiedenen Käfigen deutete, gab er mit lauter Stimme folgenden Bericht. „Sie sehen hier, meine Herrschaften, den großen Löwen aus Bengalen. Er ist einer der größten, die man je in Europa gesehen hat, indem er 9 Fuß lang und 5 Fuß hoch ist. Seine prächtige Gestalt, sein fester Blick, sein stolzer Gang und sein furchtbares Gebrüll zeugen von seiner Kraft. Seine ungeheure Muskelstärke verräth sich durch die großen Sprünge die er macht, um auf seine Beute zu stürzen und durch das Schlagen seines Schweifes, womit er einen Ochsen zu Boden werfen kann. Sein gewöhnlicher Gang ist langsam und würdevoll; er pflegt blos zu laufen, wenn er verfolgt wird. Hinter Gebüsch und Rohr verbirgt er sich und lauert auf das vorübergehende Wild, welches an einer nahen Quelle zu trinken pflegt; mit einem ungeheueren Sprunge stürzt er über dasselbe her, indem er seine Krallen tief in dessen Seiten schlägt und mit seinen Zähnen dessen Hinterschädel zerbricht. Wenn er im Sprung seine Beute verfehlt hat, so läßt er sie laufen und versucht nicht, sie zu verfolgen, sondern legt sich abermals auf die Lauer. Hat er sich satt gefressen, so legt er sich nieder und schläft zwei bis drei Tage, bis der Hunger ihn wieder aufweckt. Wenn der Löwe unter eine Heerde geräth, so tödtet er Alles, was ihm vorkommt, selbst wenn er gesättigt ist. Sein Muth ist nicht so groß, als man glauben möchte; er greift nur kleinere und schwächere Thiere an, und wenn er sich in den Bereich der menschlichen Wohnungen geschlichen hat, so kann man ihn mit einigem Lärm oder auch mit einer brennenden Fackel verjagen. Indem er die Haut seines Gesichts und vorzüglich die Stirnhaut mit großer Leichtigkeit bewegt, kann er den Ausdruck seiner Physiognomie sehr oft wechseln und ihr den einer furchtbaren Wuth geben, welcher durch die Beweglichkeit seiner Mähne, die er emporsträuben und nach allen Richtungen hin wenden kann, sehr erhöht wird. Die Löwin ist kleiner, ruhiger und feiger, als der Löwe, doch wenn sie Junge hat, ist sie furchtbarer als er, indem sie sich dann auf Menschen und Thiere ohne Unterschied stürzt, sie tödtet und ihren Kleinen zuträgt, denen sie bei Zeiten lehrt, das Blut zu saugen und das Fleisch zu zerreißen. Der Löwe säuft wie ein Hund. Sein Gebrüll ist so stark, daß man es des Nachts in der Wüste für Donner halten könnte; er stößt es täglich 5 bis 6 Mal aus, besonders häufig, wenn Regen zu erwarten steht. Wenn der Löwe Menschen und Thiere zusammen findet, so fällt er lieber die letztern an, es sei denn, daß ein Mensch ihn schlägt, bei welcher Gelegenheit er den Beleidiger gewiß schnell herausfindet. Der Elephant, das Rhinozeros, der Tiger und das Nilpferd sind die einzigen Thiere, welche ihm Widerstand leisten können und welche er auch gern vermeidet, wenn er kann. Das Fleisch des Löwen hat einen unangenehmen starken Nachgeschmack; doch essen die Neger es gern. Der Löwe gehört dem Katzengeschlecht an, man vergleiche ihn nur mit dem kleinen Kätzchen, welches ihm Gesellschaft leistet. Beide haben 30 scharfe Zähne, beide Pfoten mit langen starken Krallen, die sie nach Belieben einziehen und herausstoßen können; beide haben denselben Bau des Kopfes und tragen denselben Raubthiercharakter.

Der Tiger

gehört ebenfalls zum Katzengeschlecht. Während der Löwe als erstes unter den fleischfressenden Thieren gilt, ist der Tiger das zweite. Ihm fehlt die Würde des Löwen; er ist immer blutdürstig und fällt gern die Menschen an. Ihm fehlt auch des Löwen edler Anstand; sein Körper ist zu lang, seine Beine zu niedrig; das Haupt hat keine Mähne, die Augen sind unstät und die Zunge blutroth; er ist von einer unersättlichen Blutgier, von einer empörenden Grausamkeit beseelt; sein einziger Instinkt scheint eine stete Wuth zu sein, welche ihn oft so weit verblendet, daß er seine eigenen Jungen frißt und deren Mutter zerreißt, wenn sie dieselben vertheidigen will.

Glücklicher Weise sind diese Thiere nicht sehr zahlreich und blos auf das heißeste Klima Ostindiens beschränkt.

Wenn der Tiger irgend ein großes Thier, z. B. ein Pferd oder einen Büffel getödtet hat, so zerreißt er es nicht an der Stelle der That, sondern er schleppt es in die Tiefe des Waldes mit einer Leichtigkeit, daß die Schnelligkeit seines Laufes gar nicht durch die Schwere des Gegenstandes gehemmt zu sein scheint. Der Tiger ist vielleicht das einzige Thier, das man nicht zähmen kann; er ist immer bös, sowohl wenn man ihn gut, als wenn man ihn schlecht behandelt. Nicht Gewohnheit, nicht Zeit vermag ihn zu bändigen; er zerreißt die Hand, welche ihm Nahrung reicht, wie die, welche ihn schlägt und alles Lebendige erscheint ihm nur als erschaffen, um seine Beute zu werden. Die Tigerin wirft wie die Löwin 4-5 Junge, und ihre Wuth steigert sich bis zu einem entsetzlichen Grade, wenn man dieselben raubt.

Der Panther

gehört ebenfalls zum Katzengeschlecht. Er sieht wild aus, hat ein stets unruhiges Auge; seine Bewegungen sind heftig und seine Stimme gleicht der eines wüthenden Hundes. Die Zunge ist rauh und sehr roth; die Zähne sind stark und spitzig, die Krallen hart und scharf. Das Fell ist schön, mit schwarzen ringelartigen Flecken besäet. Der Panther gleicht an Gestalt und Größe einer Dogge von guter Raçe, nur mit kürzern Beinen.

In Persien und andern Theilen von Asien pflegt man den Panther zur Jagd zu benutzen, ohne ihn jedoch zähmen zu können, denn er verliert nie seinen wilden Charakter und wenn man sich seiner bedienen will, bedarf es großer Mühe, um ihn abzurichten und noch größere Vorsicht, um ihn auszuführen und zu benutzen.

Die Unze

ist zahlreicher und weiter verbreitet als der Panther. Sie lebt gewöhnlich in Arabien und im südlichen Asien; man bedient sich ihrer dort zur Jagd, weil in den heißen Ländern Asiens die Hunde selten sind. Die Unze hat indeß den Geruch nicht so fein wie der Hund und kann das Wild nicht nach seiner Fährte verfolgen; auch würde es nicht im

schnellen Laufe verfolgen können, sondern jagt nur nach
dem Gesicht und kann sich nur aus dem Hinterhalt auf ihre
Beute stürzen und sie niederwerfen.

Der Leopard

hat dieselben Gewohnheiten und denselben Charakter, wie
der Panther, aber man kann ihn nicht so leicht zähmen; er
bewohnt den Senegal und Guinea, wo man ihn sehr häufig
findet. Panther, Unze und Leopard bewohnen nur die
hintersten Landesstrecken von Asien und Afrika; sie halten
sich am liebsten im dichten Walde und am Ufer der Flüsse
auf oder auch in der Nähe entlegener menschlicher
Wohnungen, wo sie den Hausthieren auf dem Wege nach
der Quelle gern auflauern. Sie fallen selten Menschen an.
Leicht erklettern sie Bäume, von deren Zweigen sie auf ihre
Beute herabstürzen. Obgleich sie meistens sehr mager sind,
so gilt ihr Fleisch doch als Leckerbissen für den Reisenden.

Wilhelm wendete bald sein Interesse von dem Bericht des
Menageriebesitzers ab und den Affen zu, welche auch gar zu
lustig anzuschauen waren. Sie befanden sich in einem
großen Bauer, worin sie unaufhörlich umhersprangen.
Ueberall gab es allerliebste Affengruppen. Hier flöhte eine
alte Aeffin ihr Kind mit mütterlicher Liebe; dort wickelten
sie einige Bonbons aus Papierhüllen und grinzten freudig
über den Fund. Manche balgten sich, andere schaukelten
sich in großen Ringen, die mit Seilen aufgehängt waren,
oder sie wiegten sich in Zweigen, die man im innern Raum
des Bauers angebracht hatte. Wilhelm meinte immer, diese
Thiere müßten Menschen sein, weil sie so menschliche
Bewegungen zeigten.

Was ihn aber mehr als alles andere an diesen Affenbauer
fesselte, das waren die zahllosen Kinder, welche
umherstanden und im Anschauen vertieft nicht Acht hatten
auf ihre Habseligkeiten. So war es dem kleinen Taschendieb
schon gelungen, einige Taschentücher und einen
wohlgefüllten Arbeitsbeutel zu rauben und in seine
Rocktasche zu verbergen.

Rosaurus in dem Löwenkäfig.

Kapitel 9.

Die böse That und deren Folgen.

Und ist das Fädchen noch so fein gesponnen,
Am Ende kommt es doch ans Licht der Sonnen.

———————

Plötzlich vernahm man Geräusch an der Thür und es hieß:
— „die kleine Prinzessin käme, um die Thiere zu sehen."
Alles blickte nach ihr hin und freuete sich über ihr
freundliches Grüßen und über ihren hübschen Anzug.
— Wie sie vor den Käfig des großen Löwen trat, stieß sie
einen lauten Schrei der Ueberraschung und des Entsetzens
aus, denn sie erkannte auf den ersten Blick ihren Rosaurus.
Sie wollte auch gleich mit der Hand durch die Eisenstäbe
fahren, um den kleinen Liebling zu streicheln und zu
trösten, aber Mlle. Gogo riß sie erschrocken zurück. — Der
Menageriebesitzer wurde sogleich gefragt, wie er zu dem
Kätzchen gekommen sei? und er erzählte, daß er es einem
unbekannten Knaben abgekauft habe, welcher noch in
diesem Augenblick hier gewesen, — er wolle sogleich nach
ihm suchen.

Wilhelm war aber nicht zu finden und das ging auch ganz
natürlich zu; denn als er das Gespräch über das Kätzchen
hörte, wurde ihm bang ums Herz und er kroch unter einen
Tisch, worauf Papageien standen, und dessen unterer Raum
mit einem Leinwandvorhang versehen war; da war er sicher
geborgen. Durch ein Loch konnte er Alles sehen, was in der
Menagerie vorging, und hören konnte er auch Alles. So
mußte er denn Zeuge sein, wie der Menageriebesitzer das
Kätzchen aus dem Löwenkäfig holte und einen Thaler
erhielt, während er doch nur einen Groschen dafür bezahlt
hatte. Wilhelm ärgerte sich recht, daß er nicht selbst ein so
gutes Geschäft gemacht habe.

Es wurde ihm indeß sehr unheimlich unter dem Tisch zu
Muthe; denn es befand sich unter demselben eine große
Aeffin im Wochenbette, welche den unberufenen
Eindringling mit den langen Armen in den Nacken kratzte,
und unter dem Käfig der Aeffin stand der eines brütenden
Pelikans, welcher, ebenfalls entrüstet über die Störung,
Wilhelm so arg biß, daß die Hosen zerrissen und das Blut
strömte. Er, der schon so wenig Sitzefleisch in der Schule

hatte, fürchtete auf diese Weise ganz untüchtig zum Sitzen zu werden und als die Nachsuchung zu Ende war, benutzte er den Moment, wo ein dicker Herr sich vor den Tisch gestellt hatte, um hervor zu kriechen und sich hinter diesem verborgen zu halten.

Da aber das Böse in seinem Herzen nie schlummern konnte, so entging es seiner Aufmerksamkeit nicht, daß der dicke Herr eine sehr wohlgefüllte Börse, woraus er so eben ein Extra-Trinkgeld für die Schlange gezahlt hatte, in die linke Rocktasche steckte. Die Schlange fraß nämlich so eben eine Taube in gewohnter grausamer Weise, indem sie mit der freundlichsten Miene von der Welt dieselbe beleckte und durch ihren Speichel schlüpfrig und geschmeidig machte; dann zog sie das arme Thier unbarmherzig in ihren Rachen, und man fühlte, wie es im tiefen Schlund noch zappelte.

Wilhelm meinte, der dicke Herr sähe gewiß so aufmerksam zu, daß er es nicht merken würde, wenn seine zarte Hand ihm in die Tasche griff, und die Börse heraus holte und im Hui war diese Hand auch drinnen. Aber in demselben Augenblick fühlte Wilhelm, daß sie von einer anderen, kräftigeren Hand gefaßt wurde, welche unter dem Rocke schon mußte geruht haben; zu gleicher Zeit ward sein Ellbogen ergriffen und mit Riesenkraft auf einen Ruck sein Unterarm wie ein dürres Stück Holz zerknickt. Wilhelm schrie vor Schreck und vor Schmerz und als der dicke Herr sich ihm zuwendete, da erkannte er in ihm denselben, der ihm neulich die zwei Ohrfeigen und den Groschen gegeben hatte. Es war der Herr Polizei-Präsident. „Aha, sagte dieser, wir kennen uns schon; jetzt hoffe ich, stiehlst du so bald nicht wieder."

Das ganze Publikum war aufmerksam auf den schreienden Knaben geworden und auch die Prinzessin wollte ihn bedauern und ihm etwas schenken. Aber der Menageriebesitzer erzählte ihr, daß es derselbe Knabe sei, der ihren Rosaurus für den Löwen verkauft habe; auch fanden sich beim Ausleeren seiner Taschen eine Menge gestohlener Gegenstände. „Nein, dieser verdient kein Mitleid!" meinten die Leute.

Aber er litt doch große Schmerzen; blaß und zitternd stand er da und alle Blicke waren auf ihn gerichtet; ein Wundarzt, welcher zufällig in der Nähe war, untersuchte den Arm und erklärte, derselbe müsse sogleich eingerichtet werden.

„Das soll in meinem Haus geschehen," sagte der Polizei-Präsident; „ich will ihn bei mir verpflegen lassen und auch alle Kosten tragen. Seine Eltern taugen gewiß nicht viel, sonst würde der Junge nicht so durchtrieben sein."

So wurde denn Wilhelm fortgebracht, während die kleine Prinzeß mit ihrem Rosaurus sich nach Haus begab und sich vornahm, ihm das Leben noch viel angenehmer als früher zu machen. — Sie konnte sich gar nicht denken, wie er in des bösen Knaben Hände gekommen sei und als Mlle. Gogo endlich nähere Erkundigungen einzog, und man nach der Beschreibung Wilhelms und nach dem Arbeitsbeutel, den er noch besaß, die lange Jenny als die Ursache von Rosaurus Verschwinden erkannte, da wurde der Letzteren erklärt, daß sie nie wieder bei der kleinen Prinzessin eingeladen werden solle, was allerdings eine große Strafe und auch eine große Schande war. Der Vater schickte sie hierauf in ein Institut und man hoffte, sie werde von da artiger zurückkehren.

Es war recht gut, daß Wilhelm in gute Pflege kam, denn zu Hause fehlte es ja an Allem. Sein Vater hatte beim Holzlesen einen jungen Baum abgehauen und war dabei ertappt worden, da mußte er zur Strafe für die Waldbuße arbeiten und da die Mutter nichts verdienen konnte, so war kein Geld zu Hause.

Im Hause des Präsidenten fehlte es indeß an Nichts. Wilhelm lag im reinlichen Bett in einer hübschen Kammer. Eine freundliche Magd bediente ihn und pflegte ihn. In den ersten Tagen bekam er blos Wassersuppen und kühlende Getränke zu genießen, später sorgte man für kräftigere Nahrung; ein freundlicher Arzt besuchte ihn täglich und der Präsident brachte ihm Bilder und Bücher und setzte sich stundenlang an sein Bett, um ihm Geschichten zu erzählen, er wußte deren sehr schöne: von klugen Kindern, die anstatt ihre Geistesgaben auf das Lernen oder etwas Nützliches zu richten, sie benutzten, um andere Menschen zu überlisten und zu betrügen; er erzählte auch von Verbrechen, die lange geheim gehalten wurden, endlich aber doch ans Tageslicht kamen und den Uebelthäter zur Strafe brachten.

Der Finger Gottes.

In einem kleinen Städtchen lebte einst eine glückliche
Familie; die Eltern waren brav und die Kinder gut erzogen.
Nur ein Sohn, Namens Ludwig, gab durch seinen heftigen
Charakter oft Ursache zur Unzufriedenheit; dabei hatte er
ein rachsüchtiges Gemüth und in den Stunden seines Zorns
hatte er manchem Freund schon weh gethan und oft die
Geschwister schwer gekränkt. Trotz aller Vorstellungen
hatte er diesen Fehler nicht abgelegt; er war nun 16 Jahr,
confirmirt, und noch immer brach von Zeit zu Zeit, bei
unbedeutender Gelegenheit, seine blinde Wuth aus und
äußerte sich in irgend einer Unthat, deren Folgen indeß nie
so bedeutend waren, daß sie eine andere Strafe als die Rügen
des Vaters veranlaßt hätte.

Eines Tages war Ludwig mit dem Sohn eines Gutsbesitzers
beim Tanzen in Streit gerathen; in Wuth entbrannt, wollte
er mit der Faust auf seinen Gegner losgehen, dieser aber,
stärker wie er, ergriff ihn beim Kragen und warf ihn zur
Thür hinaus.

Rache brütend ging Ludwig nach Hause; er mußte vor
einem Bauerngut vorbei, welches dem Vater seines Gegners
gehörte und einst dessen Erbtheil werden sollte. Er konnte
seinem Beleidiger wohl keinen größern Schabernack
anthun, als wenn er dasselbe niederbrannte. Noch immer
war er in der Aufregung des Zorns und rasch griff er nach
dem Feuerzeug und warf einige glimmende
Schwammstückchen ins Fenster. Da diese aber nicht gleich
zündeten, nahm er ein Wachslichtchen, welches auf der
Schwester Weihnachtsbaum gestanden hatte, und warf es
brennend in das Stroh. — Dann ging er weiter. Er hatte
kaum die böse That gethan, als sein Zorn sich legte und er
sie zu bereuen anfing; er hoffte, es werde nicht Feuer fangen.
Als er aber eine Stunde zu Bette war, vernahm er den
Feuerlärm. Er eilte nach der Brandstätte, er half mit löschen
und retten; er war unermüdlich und scheuete keine Gefahr.
Er holte sogar ein Kind aus den Flammen, wobei er selbst
sehr beschädigt ward; aber nichts konnte das ungestüme
Pochen seines Herzens beschwichtigen. Das Gut war
niedergebrannt; die Besitzer dankten denen, die beim Retten
behülflich gewesen waren und Ludwig vor allen Andern;

der Dank that diesem aber sehr weh. Er hätte gern sein Hab'
und Gut hingegeben, um ihn zu entschädigen. — Man
quälte sich mit Vermuthungen, wer das Feuer angelegt habe;
weder der Gutsbesitzer noch dessen Sohn hatten Jemand
beleidigt; sie kannten keinen Feind; man hatte nichts
gefunden von dem Mordbrenner, als ein Wachsstöckchen,
welches verlöscht war und seinen Zweck nicht erfüllt hatte.
Es giebt so viele Wachsstöckchen in der Welt. Dieses konnte
unmöglich auf den Schuldigen führen.

Ludwig ward täglich ernster und mehr in sich gekehrt.
Seine Wangen erbleichten, er schlief nicht des Nachts; sein
Gewissen quälte ihn; auch fürchtete er, man möge doch
einmal entdecken, daß er ein Mordbrenner sei und ihn dafür
bestrafen. Eines Tages wurde er wirklich abgeholt und
verhört. — Einer der Untersuchungsrichter war mit
Ludwigs Vater zusammen in der Residenz gewesen und sie
hatten zusammen die bunten Wachslichter für den
Weihnachtsbaum gekauft; so wußte er, wo solche Lichter
waren; kaum war diese Spur gefunden, so gedachte man des
Streites, welchen Ludwig am Vorabend des Brandes gehabt.
Dann bemerkte man sein unruhiges Wesen, seine bleichen
Wangen. Er ward verhört, gestand und wurde auf viele
Jahre ins Zuchthaus verurtheilt. So kommt selbst das
Geheimnißvollste an den Tag.

Christian, der Sohn eines Tagelöhners, ging einst an einem
Garten vorüber, wo Aprikosen an einem Baume hingen. Die
Früchte waren ganz reif und hatten die schönsten rothen
Backen. „Das will ich mir merken," dachte der naschlustige
Knabe, „heute Nacht, wenn es dunkel ist, da komme ich
und hole sie mir." — Als er fort war, kam Peter, der Sohn
des Hirten; sein Vater hatte ihn betteln geschickt und er kam
heim mit einem Sack voll Brodrinden. Aber er war sehr
müde, und da er noch weit von Hause war, legte er sich vor
die Gartenthür, welche eine Art von Obdach bot, und schlief
ein. — Er wachte auf durch ein Geräusch und sah Jemand
in den Garten steigen. Christian hatte sich zwar vorsichtig
umgeschaut, aber den in dem Schatten der Thür ruhenden
Hirtenknaben nicht entdeckt. Der kleine Peter erkannte
dagegen beim Mondenschein den Einsteigenden, wollte ihn
aber nicht stören, weil er fürchtete, derselbe könne ihn

schlagen. Er legte sich also auf die andere Seite und schlief weiter. Am andern Morgen ward er unsanft von dem Gärtner geweckt, welcher ihn für den Dieb hielt und ihn durchaus vor die Polizei schleppen wollte; aber Peter betheuerte seine Unschuld, er zeigte den Inhalt seines Bettelsacks vor und nannte, da alles nichts half, den wirklichen Dieb. Wirklich fand der Gärtner, welcher gleich in Christians Wohnung ging, die gestohlenen Früchte, während Christian noch fest schlief; er hatte ja einen Theil der Nacht durchwacht und war fest überzeugt, daß Niemand ihn gesehen habe. — Gott sieht es aber immer und weiß es auch immer also zu lenken, daß die menschliche Gerechtigkeit es erfahre und daß schon auf Erden die Strafe den Verbrecher erreicht.

——————

Im Anfang hörte Wilhelm nur mürrisch zu; er hatte ja Schmerzen und diese Schmerzen hatte der Mann, welcher da vor ihm saß, verursacht. Nach und nach aber erweichten die liebevollen Worte sein Gemüth; es war ihm oft zu Muthe, als werde es plötzlich vor seiner Seele Tag; als falle ein Schleier vor seinen Augen herab und er erkannte eine Wahrheit; diese Wahrheit hieß aber: Ehrlich währt am längsten.

Eines Tages, als Wilhelm eine schmerzlose Nacht gehabt hatte und zum ersten Mal das Bett verlassen konnte, freilich mit festgeschientem Arm, frug der Präsident ihn mit seiner freundlichen sanften Stimme: „sage mir doch recht aufrichtig, was du denn eigentlich mit deiner Hand in meiner Tasche wolltest?"

W i l h e l m. Ich wollte Ihren Geldbeutel herausholen.

P r ä s i d e n t. Wußtest du denn nicht, daß das gestohlen sei?

W i l h e l m. O ja! das wußte ich sehr wohl.

P r ä s i d e n t. Wußtest du denn nicht, daß das Stehlen unrecht sei?

W i l h e l m. Das wußte ich nicht so ganz genau; ich wußte nur, daß man gestraft wird, wenn man sich dabei ertappen ließ und ich habe mich niemals ertappen lassen (hier lächelte

Wilhelm triumphirend).

P r ä s i d e n t. Machte dir denn das Stehlen Freude?

W i l h e l m. Ja! sehr große, besonders wenn ich es recht
geschickt anfing und wenn es mir mit großer Mühe gelang.
Auch war ich froh, wenn ich etwas nach Hause brachte;
und zu Hause konnte man alles brauchen.

P r ä s i d e n t. Wußten denn deine Eltern, daß das, was du
nach Hause brachtest, gestohlenes Gut sei?

Wilhelm schwieg verlegen; er scheute sich, seine Eltern zu
verrathen; „die Eltern, sagte er, schickten mich mit der
Schwester aus, um zu betteln — es ging aber gar zu
langsam, wir brachten nur wenig zusammen, kaum genug,
ein Brod zu kaufen und ich wollte doch auch manchmal ein
Stückchen Kuchen essen. Man sieht so schöne Sachen bei
den Conditoren am Fenster stehen, das giebt Lust zu
naschen und ich fand es ungerecht, daß die Reichen allein
solche gute Sachen genießen sollten.“

P r ä s i d e n t. Als Gott Reiche und Arme schuf, muß er
wohl sehr weise Absichten gehabt haben. Der Arme kann
übrigens reich, der Reiche arm werden, der Arme wird aber
nur reich durch Arbeit, nicht durch Diebstahl; denn auf der
Sünde ruht kein Segen. Ich will dir Mittel an die Hand
geben, die dich reich machen können, wenn du brav und
arbeitsam werden willst.

W i l h e l m. Ja, das will ich!

P r ä s i d e n t. Nun, so gieb mir die Hand darauf, daß du nie
wieder fremdes Eigenthum an dich nehmen wirst.

Wilhelm versprach es.

P r ä s i d e n t. Auch versprich mir nie zu lügen.

Wilhelm versprach es auch.

P r ä s i d e n t. So will ich dich in eine Schule bringen, wo
du erzogen und unterrichtet wirst; dann laß ich dir ein
Handwerk lernen, welches dich ernähren kann, und du
kannst dir eins wählen.

W i l h e l m. Ich möchte gern Bäcker oder Conditor werden.

P r ä s i d e n t. Haha! wohl wegen der guten Kuchen.

W i l h e l m. Ich meine, es muß eine Freude sein, das bereiten zu können, was so vielen Leuten gut schmeckt.

P r ä s i d e n t. Brav, mein Junge; es ist recht, wenn man nicht blos an sich selbst, sondern auch an Andere denkt. Bist du mir noch böse, daß ich dir den Arm in meiner Tasche zerbrach. Ich kann in meiner eignen Tasche doch machen, was ich will, und was sich unberufen hinein verirrt, muß sich alles gefallen lassen.

W i l h e l m. Ich bin jetzt recht froh, daß Sie mir den Arm zerbrachen und ich will Ihnen immer recht dankbar dafür sein, wenn Sie mir etwas Tüchtiges lernen lassen.

Als der Präsident eines Tages der kleinen Prinzessin begegnete, fragte diese:

„Was macht der kleine böse Junge?"

„Er ist kein böser Junge mehr," antwortete der Präsident, „und es würde gar keine bösen Jungen in der Welt geben, wenn die Eltern nicht böse wären." Er erzählte hierauf, wie Wilhelm erzogen worden und daß er noch andere Geschwister habe. Die Prinzessin frug nun, ob diese auch so böse wären? Man ließ sich nach ihnen erkundigen und hörte bald nur Gutes von Dorothea; die Prinzessin ließ sie kleiden und in eine Strick- und Nähschule schicken. Die kleine Hanne wurde aber in einer Klein-Kinderbewahrschule untergebracht, wo sie beten, singen, stricken und hübsche Verschen lernte; man hielt sie auch dazu an, sich die Nase zu putzen und die Hände zu waschen, was sie zu Hause nicht nöthig hatte; auch mußte sie hübsch sittsam sein. Der Präsident sagte: auf solche Weise rette man die Kinder von dem Verderben, und führe ihre Seelen dem Himmel zu.

Kapitel 10.

Das große Abenteuer.

Verliere den Muth nicht in Gefahr,
Gott wacht und schützt dich immerdar.

Täglich besuchte die Prinzessin den Löwen und brachte eine Stunde in der Menagerie zu. Sie war dem Thier sehr dankbar, daß er ihr Kätzchen nicht gefressen hatte, und wollte ihm ihre Erkenntlichkeit beweisen, indem sie ihm alle Tage einige Pfund Fleisch brachte. Dieses Fleisch war hübsch in Stücken geschnitten und auf Papier in einem zierlichen Körbchen geborgen, welches der Bediente ihr nachtrug. Die Fleischstücken reichte sie selbst dem Löwen durch das Gitter und sie machte es dabei nicht wie der Menageriebesitzer bei der Fütterung, welcher ihm das Fleisch, nachdem er es gereicht hatte, mit dem eisernen Haken so oft wieder entzog, um ihn recht böse zu machen und den Zuschauern ein Beispiel seiner bestialischen Wuth zu geben. Nein, sie reichte es dem Löwen recht schnell und ohne sich zu fürchten. Der Löwe kannte auch bald seine kleine Wohlthäterin, besonders wenn sie Rosaurus mitbrachte, der ihr gewöhnlich auf der Schulter saß. Wenn sie mit ihrem Gefolge eintrat, legte er sich ganz sanftmüthig vor das Gitter nieder und empfing dankbar sein Geschenk; dabei pflegte er mit Rosaurus um die Wette zu schnurren.

Im Sommer bewohnte die Prinzessin ein Lustschlößchen in einer kleinen Entfernung von der Stadt; dort durfte sie recht lustig herumspringen und recht wenig Stunden haben. Damit sie ihre Gespielinnen nicht entbehre, wurde Lisi mitgenommen. Joly und Rosaurus durften natürlich nicht fehlen. Das Schlößchen war von einem hübschen Garten umgeben und an den Garten stieß ein kleiner Wald. Die Kinder durften sich darin nach Belieben ergehen und erfreueten sich des Landlebens, indem sie Blumen suchten, Kränze banden oder Seifenblasen machten. Letztere unterhielten besonders Rosaurus recht gut, welcher immer danach haschte und sehr verwundert war, wenn sie unter seinen Sammetpfötchen zerplatzten. Joly war ebenfalls sehr verlegen, wenn die Kinder ihm ihre Seifenblasen auf die Nase zerplatzen ließen; er bellte dieselben oft an, zog das Schwänzchen ein und riß vor ihnen aus. Uebrigens vertrug er sich viel besser als im Anfang mit Rosaurus. Obgleich sich wohl dann und wann bei Freßgelegenheiten ein Streit zwischen Beiden erhob wegen des Mein und Dein, so konnten sie doch recht oft niedlich zusammenspielen. — Rosaurus mochte wohl einsehen, daß Joly im Vergleich mit dem Pudel Kartusch ein sehr wohl erzogener und höflicher Hund sei.

Eines Tages saß die Prinzessin mit Lisi und Mlle. Gogo am Rand des Wäldchens auf weichem Rasen und flochten Kränze; Joly und Rosaurus spielten neben ihnen und sie sprachen, wie das häufig geschah, vom großen Löwen, den sie erst gestern besucht hatten. Die Prinzessin lobte ihn abermals, daß er dem Rosaurus nichts zu Leid gethan, worauf Lisi sagte:

„Ich habe neulich gelesen, daß der Löwe, obgleich er eigentlich die Einsamkeit liebt, sich doch leicht an andere Thiere gewöhnen und mit ihnen freundlich verkehren kann. Noch vor nicht all zu langer Zeit gab es in Paris im Jardin des plantes eine Löwin, Namens Constantine, welche während mehrerer Jahre mit einem kleinen Spitz sehr glücklich lebte. Man hatte letzteren, welcher weiß und schwarz war, in ihren Käfig geworfen, und er hatte sich, an allen Gliedern zitternd, in einen Winkel verkrochen. Die Löwin erhob sich langsam, brüllte mit dumpfer Stimme und näherte sich dem armen kleinen Thier, welches ein klägliches Geschrei ausstieß und eine flehende Stellung anzunehmen schien. Sein verzweiflungsvoller Blick schien die Löwin zu rühren; denn sie legte sich ruhig nieder, ohne ihm wehe zu thun. Als man bei der Fütterung Constantine ihre Nahrung gab, ließ sie etwas für den Spitz übrig; er aber wagte nicht irgend etwas davon zu berühren; ja der größte Hunger würde ihn nicht vermocht haben, seinen dunkeln Winkel zu verlassen. Am nächsten Tage fürchtete er sich weniger und entschloß sich, das zu verzehren, was die Löwin für ihn übrig gelassen hatte. Am zweiten Tag wagte er es, aus dem Winkel hervorzukriechen und gleich nach der Löwin zu speisen. Nach acht Tagen erlaubte er der Löwin nicht eher zu fressen, als bis er selbst sich gesättigt hatte, und wenn sie es wagte, sich früher dem Fleisch zu nähern, so sprang der Spitz ihr wüthend in's Gesicht und biß sie mit allen Kräften.

Im Herbst, als es kalt und feucht wurde, brachte der Spitz die Nächte zwischen den Beinen der Löwin zu, um warm zu liegen, was sie ebenfalls willig geschehen ließ. Zum Dank dafür biß er sie eines Tages in einem Anfall von Wuth dermaßen in den Schwanz, daß das Blut strömte und sie zeitlebens eine Narbe behielt. — Nach einigen Jahren starb der Spitz an Altersschwäche und Constantine schien untröstlich über diesen Verlust. Man gab ihr verschiedene andere Hunde, die sie alle erwürgte; endlich ließ sie den einen am Leben, aber sie zeigte demselben nur die größte Gleichgiltigkeit und erwies ihm nie eine Gefälligkeit. Sie starb auch bald darauf, wie man meinte, aus Sehnsucht nach ihrem bösen Spitz."

Als Lisi kaum diese Geschichte vollendet hatte, begann Joly zu bellen, und es erschienen drei wunderliche Wesen, welche unter dem Gesträup hervorgekrochen kamen; es waren drei Affen. Die Affenmutter trug ihr Kleines, welches krank zu sein schien; die Thiere nahten sich zutraulich und fletschten die Zähne, und hielten die Hände flehend den Kindern hin, die sie vielleicht erkannten, weil sie sie öfters gesehen hatten, denn diese Affen gehörten zu der Menagerie; gewiß waren sie entsprungen. — Die Prinzessin ließ sogleich Milch und Semmel für sie bringen und mit Aepfeln und Nüssen sie in ein Zimmer locken, wo sie eingesperrt wurden.

Nach diesem Ereigniß, welches die Kinder sehr beschäftigte, da sie sich gar nicht denken konnten, wie die Affen hatten entspringen können, wandelten sie zusammen in den Wald. Mlle. Gogo begleitete sie aus der Ferne, Joly und Rosaurus waren ihnen zur Seite. Letzterer schien ganz besonders gern

in dem Wald zu sein und die Prinzessin befürchtete, das
Blut, welches er in des Löwen Käfig geleckt hatte und sein
Antheil an des Löwen Mahlzeit möge in ihm böse Gelüste
entwickelt haben. Jedes Mal, wenn er einen Vogel sah,
wurde er stutzig und er vermochte kaum seinen grausamen
Appetit unter einer gleißnerischen Freundlichkeit zu
verbergen. Die Prinzessin pflegte ihn deshalb an einem
rosarothen Atlasband zu befestigen und so an ihrer Seite zu
halten, in der Hoffnung, ihn von seinen sündhaften
Begierden zu heilen und ihm gute Gewohnheiten zu geben.

Das große Abenteuer.

Als die Kinder nun eine ziemliche Strecke in dem Walde zurückgelegt hatten und Lisi meinte, sie müßten zurückkehren, indem sie Mlle. Gogo ganz aus dem Gesicht verloren habe, da vernahmen sie ein ungewohntes Knistern im Dickicht; die Zweige bogen sich und knickten; Rosaurus spitzte die Ohren und Joly zog den Schwanz ein und floh eilend dem Schloß zu. Den Kindern fing es an ganz unheimlich zu werden, sie wußten nicht warum, und doch blieben sie stehen und blickten regungslos nach der Stelle, woher das Geräusch kam.

Aber welch ein Schreck durchrieselte ihre Glieder, als das Gebüsch sich theilte und niemand anders als der Löwe hervortrat; sehr feierlich und behutsam blickte er um sich her und schritt mit wahrhaft majestätischem Anstand auf die Kinder zu. Beiden schlug das Herz heftig und Lisi war so erschrocken, daß sie in Ohnmacht fiel. Die kleine Prinzessin verlor aber nicht die Gegenwart ihres Geistes, und im Vertrauen auf ihre alte Bekanntschaft nahm sie Rosaurus auf die Schulter und blieb vor der ohnmächtigen Lisi stehen. Der Löwe kam näher; er sah gar nicht grimmig aus, sondern wedelte freundlich mit dem Riesenschweif und legte sich dann vor der Prinzessin nieder. Diese nahm ihren ganzen Muth zusammen, schaute dem Thier in die Augen und sprach einige freundliche Worte zu ihm, wie sie es gethan, wenn sie ihm Fleisch in den Käfig brachte.

Plötzlich aber vernahm man im Gebüsch Hundegebell und menschliche Tritte. Der Löwe horchte, sprang erschrocken auf und stürzte der andern Seite des Waldes zu; da fand er aber Hindernisse. Dichtes Gebüsch hemmte seine Flucht. Jäger kamen herbei und nahten auf Schußweite; vier Schüsse krachten auf ein Mal und wohlgetroffen, mit furchtbarem kläglichen Gebrüll fiel das edle Thier nieder und wälzte sich in seinem Blute. Niemand wagte es, sich dem König der Thiere während seines Todeskampfes zu nähern. — Die Prinzessin aber wandte sich der ohnmächtigen Freundin zu, welche mit Hilfe der herbeigeeilten Mlle. Gogo auch bald wieder zu sich kam.

Wie aber hatte der große Löwe den Käfig durchbrechen und

in den Wald gelangen können?

In der vorhergehenden Nacht waren durch die Kohlen eines
Bratwurstfeuers unter andern Buden auch die Menagerie in
Brand gerathen. Das trockene Holz des Gerüstes hatte rasch
die Flammen verbreitet, welche allen Löschungsversuchen
des Menageriebesitzers trotzten. Die Thiere stießen die
schrecklichsten Töne aus; sie liefen angsterfüllt in ihren
Käfigen umher; die Papageien schlugen mit den Flügeln, die
Affen sprangen herum und schrieen wie die kleinen Kinder;
aber die Raubthiere waren fürchterlich. Der Tiger fletschte
die Zähne, indem er sich in den Hintergrund des Käfigs
zurückzog, er schien das feindliche Element auffressen zu
wollen; — trostlos sprang der Eisbär in seinem Gefängniß
hin und her; die Hitze erschien ihm unerträglich, und als
sein schöner weißer Pelz Feuer fing, da meinte man, die
ganze Welt müsse untergehen, so tief und trostlos war sein
Brummen. Der Panther und der Luchs versuchten an den
eisernen Stäben empor zu klettern, sie klammerten sich fest
daran, bis dieselben glühend wurden; heulend ließen sie
dann los von ihrem Halten und fielen auf den Boden des
Käfigs herab, wo sie in gewaltigem Todeszucken im Rauch
erstickten und dann verbrannten.

Als der Menageriebesitzer sah, daß er das Feuer nicht mehr
löschen konnte, war er darauf bedacht, wenigstens einige
seiner Prachtstücken zu retten, und er versuchte den
Wagen, worauf der Käfig des Löwen stand, aus der
Wagenreihe herauszuziehen; dabei fiel derselbe aber um, die
Thür sprang durch die Erschütterung auf und der vom
Feuer und Todesangst wilde Löwe kam heraus. Das Thier
war keineswegs wüthend, als es seine Freiheit erlangte, im
Gegentheil war es schüchtern und furchtsam und es wäre
dem Menageriebesitzer ein Leichtes gewesen, es wieder
einzuschließen, wenn er nicht selbst unter dem
umgestürzten Wagen gelegen hätte. Ehe er sich unter
demselben hervorhelfen konnte, war der Löwe langsamen
Schrittes durch die schreiende und fliehende
Menschenmenge, die das Feuer herbeigelockt hatte, dem
Walde zugeschritten. Er hatte sich sogar einige Mal sehr
würdevoll umgeschaut und als er die Feuerflamme sich noch
ein Mal betrachtet hatte, war er zögernd in das Dickicht

verschwunden.

Nachdem der Menageriebesitzer noch einige andere Thiere in Sicherheit gebracht hatte, war er seinem Löwen in den Wald gefolgt in der Hoffnung, ihn zurückzulocken; derselbe hatte aber seitdem die Bekanntschaft einer Schafheerde gemacht und einen Hammel verspeist. Dadurch war ihm der Sinn für die Freiheit aufgegangen; sein Instinkt war erwacht und er gehorchte nicht mehr der bekannten Stimme, sondern entfernte sich von dem rufenden Herrn in würdevollem Schritt.

Man erzählte nun, der Löwe habe auch ein Kind erwürgt und die Polizei hielt es demnach für ihre Pflicht, sich in die Sache zu mischen. Trotz den dringenden Bitten des Menageriebesitzers, der so gern seinen Löwen erhalten wollte, wurden Jäger ausgeschickt, um den gefährlichen Gast der Wälder und Felder zu erlegen, damit derselbe kein weiteres Unheil anrichten könne.

Kapitel 11.

Aus der Naturgeschichte des Löwen.

Und herein mit bedächtigem Schritt
Ein Löwe tritt.
Er sieht sich stumm
Ringsum
Mit langem Gähnen.
Er schüttelt die Mähnen.
Und legt sich nieder.

Als der letzte Lebensfunke des Löwen verlöscht war, kam der Menageriebesitzer herbei; er warf sich über die Leiche seines Prachtstückes und weinte laut. Mit seinen Thieren hatte der arme Mann sein Vermögen verloren. Die kleine Prinzessin erbot sich, ihm die Haut des Löwen abzukaufen, sie wollte dieselbe ausstopfen lassen und im Lustschlößchen aufstellen, da ein in dessen Umgegend erschossener Löwe gewiß zu den Seltenheiten gehöre; dann lud sie den betrübten Mann ein, seine Affen in Empfang zu nehmen, deren Erscheinen man sich jetzt erklären konnte. Jetzt bemerkte man auch, daß das kleine Aeffchen an Brandwunden leide und man verband es mit kühlender Salbe, wobei es ganz still hielt.

Sodann lud man den Menageriebesitzer ein, den Thee mit der Prinzessin zu trinken; die Kinder gedachten an ihn viele Fragen über seine Thiere zu thun und sich zu erkundigen, wie er sie erhalten habe.

„Den Löwen," erzählte er, „habe ich, als er noch ganz klein war, einem Araber abgekauft. Der Araber hatte nämlich ausfindig gemacht, daß ein Löwenpaar in einer Höhle seine Jungen groß ziehe. Die Löwen pflegen nun niemals ihre Jungen allein zu lassen und wachen deshalb abwechselnd bei ihnen. Wenn die Löwin die Wache hat, ist sie stets mit ihren Kleinen beschäftigt; der Löwe aber, welcher meist müde von der Jagd nach Hause kommt, benutzt die Zeit der Beaufsichtigung, um zu schlafen, und da schläft er oft sehr fest mit den Kleinen um die Wette. Diesen Augenblick hatte der Araber nun von einem nahen Baume erlauert; als die Löwin einige Minuten fort war, kletterte er herab, kroch in die Höhle und nahm zwei kleine Löwen, die er in seinen Busen barg; sie winselten etwas und der Vater knurrte im Schlafe so stark, daß der Araber schon meinte, er sei verloren; er eilte so schnell als möglich fort nach einer Stelle auf einem Hügel, wo ein Pferd seiner wartete; er hatte solches indeß noch nicht erreicht, als er die Löwin hinter sich her kommen sah mit dem Ausdruck und dem Gebrüll der höchsten Wuth. In großen Sätzen durchras'te sie das Thal und der Araber wäre verloren gewesen, wenn er nicht die Gegenwart des Geistes gehabt hätte, eines der kleinen Löwen niederzulegen, so daß die Mutter es finden mußte. Dann bestieg er das Pferd und jagte davon. Als er mir den jungen Löwen brachte, hatte derselbe ihn mit scharfen Krallen die Brust zerkratzt, so daß das Blut in Strömen herabrieselte. Ich mußte dem Araber viel Geld für den jungen Löwen zahlen und hatte dann noch große Mühe, ehe ich ihn groß brachte; da können Sie es sich wohl denken, wie sehr es mich betrübt, das schöne Thier nun verloren zu haben." Thränen strömten seinen Wangen herab; dann erzählte er weiter:

„Es ist schon so viel von den Gewohnheiten des Löwen erzählt worden und dennoch giebt es noch manchen wenig bekannten Zug in seiner Lebensweise. Wenn der Löwe in Gesellschaft jagt, so wird der älteste immer zuerst das Wild anfallen. Ist er so glücklich, dasselbe zu erlegen, so streckt er sich während einer Viertelstunde an dessen Seite nieder, um wieder zu Odem zu kommen, und seine Gefährten lagern sich um ihn her. Hat er sich genugsam ausgeruht, so erhebt er sich und verzehrt den Bauch und die Brust des getödteten Thieres; das sind die Lieblingsbissen des Löwen. Sodann legt er sich abermals nieder, ohne daß seine Gefährten oder seine Jungen sich die geringste Bewegung erlauben. Erst wenn sein Hunger vollständig befriedigt ist, fallen sie über das getödtete Thier her und zerfleischen es. So auch wenn

73

ein junger Löwe auf der Jagd glücklich war, und ein alter ihm naht, wird er sich stets zurückziehen und warten bis der alte seine Mahlzeit vollendet hat."

„Ich beobachtete einst einen großen Löwen, welcher im Gebüsch lag, und verschiedene Mal seinen ungeheuren Satz nach einem alten Baumstamm richtete, gleichsam um Kräfte und Blick zu üben."

„Ich kannte in Bethanien einen Mann, welcher auf einer Fußreise nach einer Quelle einlenkte, wo er eine Gazelle zu erlegen hoffte. Die Sonne stand schon ziemlich hoch, als er diese Quelle erreichte; da er kein Wild bemerkte, legte er die Flinte auf einen, von wildem Dorngebüsch beschatteten Felsen, erfrischte sich mit einem kühlen Trunk an der Quelle und streckte sich dann auf dem Felsen nieder, wo er, nachdem er seine Pfeife geraucht hatte, einschlief. Bald darauf erweckte ihn indeß die Hitze der Sonne, welche die Felsenwände zurückstrahlte, und als er die Augen aufschlug, erblickte er zu seinen Füßen einen großen Löwen, welcher in liegender Stellung seine glühenden Augen auf ihn gerichtet hatte. Er blieb einige Augenblicke regungslos, bis er seine Geistesgegenwart wieder erhielt; verstohlen blickte er nach seiner Flinte und machte eine Bewegung dieselbe zu ergreifen. Dem Löwen entging solches indeß nicht, er richtete das Haupt empor und erhob ein furchtbares Gebrüll. Zu verschiedenen Malen erneuerte der arme Mann den Versuch seine Waffen zu fassen und jedes Mal drohte ihm der wüthende Löwe von Neuem mit seinem Gebrüll. Die Lage des Hottentotten wurde immer peinlicher; der Felsen, worauf er lag, ward so heiß, daß er kaum seine nackten Füße darauf konnte ruhen lassen. Tag und Nacht verstrichen, ohne daß der Löwe seine Lage gewechselt hätte. Abermal ging die Sonne empor und die Gluth ihrer Strahlen ward bald so heftig, daß die schmerzhaften Füße ganz gefühllos wurden. Gegen Mitte des Tages erhob sich der Löwe und begab sich an die Quelle, indem er bei jedem Schritt den Kopf umdrehte, um seinen Gefangenen zu bewachen; und so bald als dieser nur die kleinste Bewegung mit der Hand machte, drohte das Thier über ihn herzustürzen; als es getrunken hatte, legte es sich wieder an seinen Platz und es verstrich eine zweite Nacht, ohne daß sich das Auge des Königs der Wälder von dem armen Hottentotten abwandte."

„Am nächsten Morgen erhob sich der Löwe abermals, um seinen Durst zu löschen, als ein fernes Geräusch sein Ohr erreichte; er horchte auf und verschwand im Gebüsch."

„Der Hottentotte nahm alle seine Kräfte zusammen, um seine Flinte zu ergreifen, und wollte sich, nachdem dieses ihm gelungen, aufrichten, fiel aber wieder nieder, da seine Füße ihn nicht tragen konnten. Mit der Flinte kroch er an die Quelle und trank in langen Zügen; dann erst betrachtete er seine Füße und entdeckte, daß seine Zehen ganz verbrannt waren. Er setzte sich nieder, um die Rückkehr des Löwen zu erwarten, entschlossen, sein Gewehr in dessen Hirn zu entladen, da er ihn aber nicht zurückkehren sah, begann er auf allen Vieren den Weg nach seiner Wohnung einzuschlagen, in der Hoffnung einem Reisenden zu begegnen, der ihm weiter helfe, was auch geschah; man brachte ihn an einen sichern Ort, wo er gepflegt werden konnte. Er verlor indeß die Zehen und konnte niemals wieder sich des vollständigen Gebrauchs seiner Füße erfreuen."

„Der Löwe ist beim Fressen, wenn er Hunger hat, sehr grimmig, gesättigt ist er aber ganz mild. Bei der Jagd ergreift er nie offenbar die Flucht oder zeigt Furcht. Sucht er auch wegen der Menge der Jäger sich zu entfernen, so weicht er doch nur langsam und Schritt vor Schritt und wendet sich von Zeit zu Zeit um. Erreicht er einen Wald, so flieht er schnell, bis er wieder ins Freie kommt; dann geht er wieder schrittweis, oder wird er zu sehr gedrängt auch laufend, aber nie springend. Er läuft wie ein Hund, gerade und vorgestreckt fort; will er aber selbst angreifen, so springt er auf den Raub, sobald er ihm nahe ist. Auch ist es wahr, daß er das Feuer fürchtet. Er hat keine besondere Vorliebe für Menschenfleisch, und zieht jedes andere demselben vor. Nur wenn er zu alt ist, um Jagd auf die Thiere zu machen, nähert er sich gern den Städten und fängt Kinder zu seiner Nahrung. Er giebt den Hottentotten immer den Vorzug vor den weißen Menschen, vielleicht weil sie unbekleidet sind; er durchbricht oft die Reihen der Jäger, um sich das erwählte Opfer heraus zu suchen. — Wenn der Löwe alt wird, verliert er die Zähne; dann hat er wenig Muth und man sah einen Löwen, der vor einem Schweine floh, welches sich wehrte und die Borsten gegen ihn sträubte. Er kann übrigens viele Pfeilschüsse aushalten, nur nicht in den Weichen. Am Kopf ist er am festesten. In Lybien glaubt man, er verstehe das Flehen der Frauen. Eine Gefangene, welche mit ihrem Kind am Wege stand, sah plötzlich einen Löwen vor sich liegen; da warf sie sich im Schrecken vor ihm nieder und bat ihn jammernd, sie und ihr Kind zu verschonen, da soll er aufgestanden und fortgegangen sein. Die Absicht des Löwen verräth der Schwanz; wenn sich derselbe nicht bewegt, so ist das Thier guter Laune. Ist es das nicht, so schlägt er mit dem Schweif auf die Erde, und bei wachsender Wuth sich selbst auf den Rücken, gleichsam als wollte er seinen Zorn dadurch noch mehr reizen. Kämpft die Löwin für ihre Jungen, so heftet sie die Augen auf den Boden, um nicht vor den Waffen zu erschrecken. Wenn man indeß dem Löwen eine Decke über Kopf und Augen wirft, da ist seine Kraft gebrochen und man kann ihn sogar binden, so furchtsam ist er."

„Zwei Jäger stießen plötzlich auf einen Löwen, welcher im Gras lag und mit dem Schweif schlug; Beide sehen ein, daß es um sie geschehen sei; als der Löwe nun auf den Einen zusprang, wich derselbe schnell aus, packte das Thier an der Mähne und klammerte sich fest an ihn. Der Löwe schüttelte und wälzte sich mit dem Unglücklichen, welcher endlich von seinem Halten loslassen mußte. Schon sah er den Rachen über sich geöffnet, als er mit beiden Händen hineinfuhr und des Löwen Zunge packte. Während dem zielte der andere Jäger nach dem Thier und traf es tödtlich."

„Sobald ein Pferd einen Löwen riecht, achtet es nicht mehr auf Zaum und Gebiß, sondern reißt mit dem Reiter aus oder wirft ihn ab. Der Löwe verfolgt indeß das Pferd und läßt den Reiter liegen."

„Als ich," erzählte der Menageriebesitzer, „weiter in der Nähe des kleinen Sonntagflusses reiste, hörte ich zum ersten Mal die Löwen die ganze Nacht hindurch brüllen. Das Brüllen besteht aus einem groben unartikulirten Laute, der etwas Hohles hat, wie der Schall eines Sprachrohrs. Es ist ein Mittelding zwischen U und O und scheint aus der Erde zu kommen, so daß man die Richtung nicht errathen kann. Daher wissen die erschreckten Thiere auch nicht, wohin sie fliehen sollen, sondern laufen im Dunkeln hin und her und fallen dem Feind in den Rachen. Während des Brüllens hält nämlich der Löwe das Maul gegen die Erde. An unserm Vieh konnten wir es jedes Mal erkennen, wenn sich Löwen näherten, selbst wenn sie nicht brüllten. Die Hunde wagten nicht einen Laut von sich zu geben, die Ochsen und Pferde holten tief Athem und zogen langsam an den Riemen, womit sie an die Wagen gebunden waren, legten sich auf die Erde und standen wieder auf, als wenn sie in Todesangst wären. Die uns begleitenden Hottentotten machten sodann Feuer, legten ihre Wurfspieße neben sich und die Europäer luden die Flinten mit Kugeln. Obschon die Löwen das Feuer fürchten, so wußten die Hottentotten doch Beispiele, daß sie Menschen davon weggeholt und ganz in der Nähe aufgefressen hatten. Sie verboten, zur Unzeit zu schießen, damit im Finstern nicht ein Mensch getroffen werde und beschlossen, das Thier mit ihren Spießen anzugreifen, während andere sich ihm an die Füße hängen sollten. Sie behaupteten, daß der Löwe den Menschen, den er überwältigt und unter sich liegen hat, nicht sogleich tödte, wofern derselbe ruhig bleibt, sondern ihm erst später unter fürchterlichem Gebrüll einen Schlag auf die Brust gebe. Die Hottentotten waren indeß sehr muthig und bezeigten keine Furcht. Einer der Ochsen zeigte sich ganz besonders ängstlich, so daß es ihm sogar vor Schreck im Leibe rumpelte; eben so benahm sich auch ein Hengst und beide Thiere hatten noch nie einen Löwen gesehen. Dagegen scheinen die gemsenartigen Thiere ihn nicht zu wittern, da sie an seinem Versteck oft so sorglos vorübergehen, wenn sie an's Wasser wollen, um ihren Durst zu löschen und dann auch meist seine Beute werden. Will man durch Flüsse setzen, so pflegt man mit der großen Ochsenpeitsche so laut als möglich zu klatschen, um auf diese Weise die lauernden Löwen aus ihrem Hinterhalte zu vertreiben. Das Klatschen der Peitsche tönt weiter als ein Flintenschuß."

„Ein Hottentotte bemerkte eines Tages am obern Sonntagsfluß, daß ihm ein Löwe zwei Stunden lang nachschlich und schloß daraus, daß derselbe nur die Nacht abwarte, um über ihn herzufallen. Da er nichts als einen

Stock bei sich hatte, versteckte er sich beim Einbruch der Nacht in eine Kluft an einem Abgrund, steckte Hut und Wamms auf den Stock, den er aus der Kluft herausragen ließ, indem er ihn von Zeit zu Zeit bewegte. Der Löwe schlich ganz leise wie eine Katze herbei, dann sprang er auf den Hut zu und stürzte die Felsen hinab."

„Es ist merkwürdig, daß der Löwe den Menschen gewöhnlich nur verwundet oder eine Weile wartet, bis er ihm den tödtlichen Streich giebt, während er die Thiere augenblicklich tödtet. So hatte einer zwei Ochsen, als sie kaum vom Wagen ausgespannt waren, auf der Stelle den Rücken entzwei geschlagen. Ein Mann hatte es mit seinen zwei Söhnen gewagt, Jagd auf einen Löwen zu machen. Sie waren zu Fuß, und als der Löwe hervorstürzte, hatte er schnell Einen ergriffen und ihn unter sich geworfen und dennoch hatten die beiden Andern Zeit, den Löwen zu erschießen und den Unglücklichen zu retten. Ich habe selbst einen am Backen scheußlich verwundeten Hottentotten gesehen, dem auf einer Jagd ein Löwe bloß diesen Biß beigebracht hatte, ohne ihm weiter etwas zu thun. Ein anderer hatte einen Mann bloß in den Arm gebissen. Da er in der Regel keinen Widerstand begegnet, so scheint er den Muth leicht zu verlieren, wenn man ihm dergleichen entgegensetzt. In der Berberei, wo er die Uebermacht des Menschen mehr kennen gelernt hat, soll er sich sogar mit Stockschlägen von Weibern und Kindern vertreiben lassen."

„Die Stärke des Löwen ist außerordentlich. Er schleppt ein Rind im Rachen fort, wie die Katze eine Maus und springt damit sogar über Gräben. Ein Büffel ist ihm jedoch zu schwer. Am Buschmannsfluß sahen zwei Bauern einmal einen Löwen, welcher einen Büffel fortschleppte; sie vertrieben aber den Löwen, weil sie selbst Lust nach dessen Beute hatten. Er hatte dem Büffel das Gedärm aus dem Leibe gerissen, um ihn leichter fortschaffen zu können. Als sie das Fleisch auf den Wagen luden und fortfuhren, sah er sich recht oft aus dem nahen Wald nach ihnen um, ohne Zweifel nicht ohne großen Verdruß. Wenn er den Sieg über den Büffel davon trägt, so geschieht das bloß durch Ueberfall aus einem Hinterhalte, nicht durch freien Kampf auf dem Felde. Er springt auf ihn los, setzt ihm die Klauen an den

Hals, schlägt ihn mit der Tatze in's Gesicht, schlingt sich um den Kopf, zieht ihn bei den Hörnern zu Boden und sucht ihm Maul und Nase zuzudrücken, bis er erstickt oder an seinen Wunden verblutet."

„Uebrigens wehren sich die Büffel, besonders wenn sie Kälber haben, und ein Löwe soll von einer Heerde Kühe, welche er bei hellem Tage angriff, todt gestoßen worden sein."

„Ein Dutzend gewöhnlicher Hofhunde werden übrigens bei Tag auch Meister des Löwen. Sein Stolz hält ihn nämlich ab, vor ihnen zu fliehen und er setzt sich blos hin, um sie mit den Tatzen abzuwehren, womit er freilich 2-3 todt schlägt, aber von den andern zerrissen wird."

„Der Löwe ist viel leichter zu tödten als andere Thiere; Büffel und große Gemsen laufen mit einem Schuß durch Bauch und Gedärme davon, der Löwe aber bekommt gleich Erbrechen und wird unvermögend zu laufen. Der Löwe ist übrigens eines der trägsten Raubthiere und giebt sich nicht gern die Mühe, etwas aufzusuchen, so lange er nicht vom Hunger gedrängt ist."

„Am Kohmiesberge, im Lande der Nomaden, wollte ein Hottentotte eine Heerde Vieh in's Wasser treiben, als er einen Löwen entdeckte. Er floh mitten durch die Heerde in der Hoffnung, daß der Löwe eher ein Stück Vieh ergreifen würde, als ihm zu folgen. Keineswegs. Der Löwe brach durch die Heerde und folgte dem Hottentotten, der jedoch noch so glücklich war, auf einen Aloebaum zu klettern und sich hinter einen Haufen Nester des grauen Webervogels zu verstecken. Der Löwe that einen Sprung hinauf, verfehlte aber seinen Zweck und fiel auf den Boden. In mürrischem Schweigen ging er um den Baum, warf dann und wann einen schrecklichen Blick hinauf, legte sich endlich nieder und ging 24 Stunden nicht von der Stelle. Endlich begab er sich nach der Quelle, um seinen Durst zu löschen; der Hottentotte stieg herunter und lief nach Haus, welches nur eine halbe Stunde entfernt war. Der Löwe folgte ihm und kehrte erst 300 Schritt vom Hause um."

„Der Löwe greift, nach Aussage der Jäger, kein Thier und keinen Menschen an, wenn sie nicht fliehen, ohne vorher in einer Entfernung von zehn Schritt sich niedergelegt und seinen Sprung abgemessen zu haben. Daher schießen die Jäger ihn nicht eher, als bis er sich gelegt hat, weil sie dann richtig vor den Kopf treffen. — Begegnet man unbewaffnet einem Löwen, so sind Muth und Geistesgegenwart das einzige Rettungsmittel. Wer entflieht, ist unfehlbar verloren, wer ruhig stehen bleibt, den greift der Löwe nicht an. Die erhabene Gestalt des Menschen flößt ihm, vorausgesetzt, daß er den leichten Kampf mit den Menschen noch nicht versucht hat, eher Furcht und Mißtrauen in seine eigene Kraft ein und eine ruhige Haltung verstärkt diesen Eindruck mit jedem Augenblick. Wenn er sich auch zum Sprung niederlegt, so wird er denselben doch nicht wagen, wenn man ihn unbeweglich wie eine Bildsäule in's Auge schaut. Man muß sich hüten, durch eine unbedachtsame Bewegung Furcht zu verrathen. Der Ausgang beweist, daß er selbst sich nicht minder gefürchtet hat als der Mensch; denn nach einiger Zeit erhebt er sich langsam, geht unter beständigem Umsehen einige Schritte zurück, legt sich wieder, entfernt sich abermals in immer größeren Zwischenräumen und nimmt endlich, wenn er ganz außer dem Wirkungskreis des Menschen gekommen zu sein glaubt, in vollem Laufe die Flucht. Der Löwe wägt die Gefahr ab, der Panther aber stürzt sich blindlings auf den Feind, unbekümmert, ob er siegen oder unterliegen werde."

So erzählte der Menageriebesitzer lange den Kindern und von Zeit zu Zeit brachen immer wieder seine Thränen aus. „O," sagte er betrübt, „wo werde ich wieder einen Löwen bekommen, der so klug ist wie der meinige und so schön Komödie spielen kann?"

„Wie, Komödie?" riefen die Kinder einstimmig.

„Ja, auf einem großen Theater in Paris."

„Man erzählt nämlich eine Geschichte von einer englischen Dame, welche nach einem andern Welttheil reisen wollte, um ihren Mann zu besuchen. Das Schiff legte an der Küste von Afrika an, um Wasser einzunehmen und die Frau stieg mit ihrem Kind an's Land. Sie setzte letzteres unter einen Baum, um einen Trunk zu holen, und als sie wieder zurückkehren wollte, erblickte sie mit Schrecken einen Löwen, welcher um das Kind herumging, es beschnupperte und leckte. Als das kleine Wesen über die unsanfte Berührung seiner rauhen Zunge zu schreien begann, stutzte der Löwe und entfernte sich in ruhigem Schritt. Die Mutter eilte nun herbei; sie hatte schon gemeint, ihren Liebling todt oder verstümmelt zu finden, aber siehe da, er war unversehrt, und sie sank nieder auf das Knie neben dem Kinde und dankte Gott, daß er das Herz des Raubthiers gerührt hatte."

„Diese Geschichte wird nun als Singspiel in Paris aufgeführt und mein Löwe spielte mit. Ich hatte ihn seit seiner frühesten Kindheit darauf abgerichtet."

P r i n z e ß. Aber, wenn er nun wild wird?

L i s i. Fürchtet sich denn das Publikum nicht?

„Das Publikum weiß wohl," versetzte der Menageriebesitzer, „daß mein Löwe von vier dicken Seilen gebunden ist, die man aber nicht sieht."

P r i n z e ß. Das Kind ist wohl durch eine Puppe vorgestellt?

M e n a g e r i e b e s i t z e r. Nein, es ist ein lebendiges Kind.

P r i n z e ß. Aber welche Mutter wird ihr Kind zu so etwas hergeben?

M e n a g e r i e b e s i t z e r. Das Kind läuft keine Gefahr, denn es liegt unter einem Gitter von starkem Draht; dieses schützt vor des Löwen Zahn und Zunge, während es für das Publikum unsichtbar ist.

Als der Menageriebesitzer seine Erzählung beendet hatte, begab er sich auf den Heimweg. Die Kinder aber plauderten noch lange über das Löwenabenteuer, über den Löwen und dessen Naturgeschichte.

Kapitel 12.
Der Kater Rosaurus will König der Wälder werden.

Hochmuth
Thut selten gut.

━━━━━━━━

Das Kind, welches der Löwe gefressen hatte, war niemand
anders als die kleine Hanne. — Dorte hatte sie wie
gewöhnlich sorgsam angekleidet, gewaschen und gekämmt,
um sie in die Klein-Kinderbewahrschule zu bringen. Sie
hatte ihr auch ein Taschentuch mitgegeben, was sie wohl
konnte, da Wilhelm deren so viel gestohlen hatte. Hanne
aber wollte nicht in die Bewahrschule gehen, sondern lieber
auf der Straße spielen; sie war noch immer ein
ungehorsames Kind, und als die Schwester mit ihr auf dem
Wege war, riß sie sich los von deren Halten und lief weg. Sie
hatte sich im nahen Gebüsch verstecken wollen, bis Dorte
selbst in die Schule gehen mußte; dann wäre sie während
mehrer Stunden ganz ohne Aufsicht gewesen. Hannchen
wußte nicht, daß man nicht davon laufen müsse vor dem
Löwen, und als sie das große Thier erblickte, war sie trotz
ihrem Schrecken auf nichts als auf ihre Flucht bedacht. Sie
riß aus, so schnell die vor Angst zitternden Füße sie tragen
konnten, — aber der Löwe hatte sie mit zwei Sprüngen
erreicht; er mußte noch hungrig sein trotz des erlegten
Schafs, bei dessen Verzehren seine Verfolger ihn gestört
hatten. Mit seiner großen Tatze schlug er das Kind zu Boden
und bald war sie mit Haut und Haaren verspeist.

Der Ungehorsam wird immer bestraft, auch wenn keine
Löwen frei im Walde herum laufen! —

Der große Löwe wurde nun ausgestopft und im Lustschloß
der Prinzessin aufgestellt. Er stand im Hausplatz, und wer
zur Hausthür hereintrat, bewunderte das schöne Thier.
Rosaurus erfreute sich ganz besonders an demselben; er
kletterte an dem Schwanz hinauf, setzte sich auf des Löwen
Kopf, zaußte in dessen Mähnen herum und ergötzte durch
seine wunderlichen Sprünge und Geberden die Prinzessin
und deren Freundinnen.

Wenn Rosaurus auf des Löwen Haupte saß, so kamen ihm
oft wunderliche Gedanken; es war, als ob der Muth des
großen Todten ihm durch die Glieder ströme, er bekam Lust,

auch ein König der Wälder zu werden. „Ich verbringe",
sagte Rosaurus zu sich selbst, „hier meine Tage in
Müßiggang; wenn ich durch meine Sprünge eine lachlustige
Jugend unterhalte, so habe ich meinen Beruf erfüllt. Ich
führe eigentlich ein wahres Schlaraffenleben; mir fliegen, so
zu sagen, die gebratenen Tauben in den Mund, während die
Natur mir List und Geschicklichkeit verliehen hat, sie
lebendig zu fangen. Ich hänge ab von den Launen einer
kleinen Prinzessin, ich bin gebannt auf die weichen
Teppiche der fürstlichen Zimmer, während die ganze große
Welt mir offen steht und Millionen von Mäusen
herumlaufen, die eigentlich nur für mich geschaffen sind.
Ich bin ein Sklave und könnte so gut frei sein. Im Wald, wo
alle Thiere froh und vergnügt herumklettern, muß ich allein
Fesseln tragen und werde an einem rosa Atlasband
gehalten. Nein! das geht nicht länger so. Ich bin zwar noch
nicht ein ganz großer ausgewachsener Kater, aber ich fühle
doch schon Kraft und Muth genug, um meine goldenen
Fesseln zu brechen und mich selbst zu ernähren; ich will ein
freier Kater sein!"

Nach diesen Betrachtungen erwartete Rosaurus nur die
Gelegenheit, aus dem Lustschloß zu entkommen, die sich
auch leicht fand, da das erste offene Fenster im Parterre ihm
zu seiner Flucht behülflich war; er bewerkstelligte dieselbe
am frühen Morgen, und eilte sogleich, aus Furcht, daß man
ihn bald einfangen würde, in den tiefsten Wald. Er hatte
noch kein Frühstück genossen und freute sich, dasselbe
zum ersten Mal in seinem Leben sich selbst zu erwerben.
— In den Gipfeln der Bäume erblickte er Nester; das Wasser
lief ihm in dem Mund zusammen beim Gedanken an die
zarten Vögelchen, die er knacken wollte; aber ach! als er die
Bäume erklettert hatte, fand er die Nester leer, es war die
Brutzeit vorüber. Nachdem er zu verschiedenen Malen auf
ähnliche Weise getäuscht worden, nahm er sich vor, lieber
den Mäusen nachzugehen. Er wußte sehr wenig Bescheid
im Wald, kannte also nicht die mäusereichen Distrikte und
hielt es für das Beste, sich auf die Lauer zu legen. Es war ein
starker Thau gefallen und Rosaurus hatte ganz nasse Füße
bekommen; er suchte also ein trockenes Plätzchen unter
einem großen Baum, wo mehrere Mäuselöcher ihm einige
Hoffnung auf Erfüllung seiner Wünsche eröffneten; dort

leckte er seine Pfötchen, putzte sich das Kinn, und machte eine sehr sorgfältige Toilette, denn er meinte, ein freier Kater müsse auch auf eine anständige Weise einhergehen.

Während dieser Beschäftigung hörte er etwas neben sich rascheln — „eine Maus", dachte er — aber nein, es war ein anderes niedliches Thier. — Gelb der Rücken und weiß die Brust, zierlich der Bau. Es war ein Wiesel. Beide Thiere freuten sich, Bekanntschaft mit einander zu machen; sie schlossen Freundschaft. — „Lieber Freund", sagte das Wiesel, „wenn du mich lieb hast, so entferne dich von hier; wir befinden uns auf m e i n e m Mäuserevier; ich habe noch nicht gefrühstückt und wenn mein Wild dich so schön schnurren hört, da bleibt es in den Höhlen — vergieb — mit Freunden macht man nicht Umstände."

Rosaurus hatte gemeint, alle Mäuse wären nur für ihn geschaffen und siehe, da war ein Nebenbuhler; schnell eilte er nach einem andern Platz; die Sonne hatte den Thau getrocknet und er schlich im zarten Grase so leise und weich einher, wie auf dem fürstlichen Teppich. „Hier ist mir gewiß das Glück hold", dachte er. Da bemerkte er plötzlich ein wunderliches Geschöpf; es war ein rundes, ganz mit Stacheln bedecktes Thier, welches einen sehr kleinen Kopf und sehr kurze Füße hatte; es war ein Igel. „Was willst du?" frug derselbe mit sanfter Stimme; „du weißt wohl nicht, daß du hier auf meinem Mäuserevier bist; habe die Güte, dich zu entfernen, denn mich hungert's. Ich laure schon den ganzen Morgen vergebens auf ein Frühstück."

Rosaurus eilte weiter; er war sehr hungrig; an einem Bergabhang hoffte er Schutz vor den heißen Strahlen der Sonne und eine Maus zu finden. Kaum dort angelangt aber vernahm er eine tiefe grobe Stimme, welche aus einer Höhle hervortönte, und die mit scharfen Zähnen versehene Schnauze eines Fuchses ließ sich sehen. — „Mach, daß du fort kommst, du mauselustiges Thier; das Mäusenest in der Nähe habe ich nicht etwa so lange für dich aufgespart; wenn ich kein besseres Mahl erwischen kann, so sollen dessen Bewohner mir gar nicht übel schmecken. Der Hunger ist der beste Koch!"

Rosaurus schlich betrübt weiter; er, der gemeint hatte, die Mäuse wären nur für die Katzen geschaffen, er fand nun, daß noch so viele andere Thiere auf diese Speise angewiesen waren. — Sein Muth sank immer mehr; als er müde sich auf einen Baumstummel setzte, vernahm er ein klägliches Schreien — ein Sperber hatte eine Maus gefangen und verzehrte dieselbe auf einem benachbarten Zweig.

Der Abend brach ein und Rosaurus war noch nüchtern. Es war dunkle Nacht und dichte Wolken hatten sich über dem Himmel gelagert und verhüllten Mond und Sterne; ein fernes Donnern ließ sich vernehmen und Rosaurus suchte Obdach hinter der verfallenen Mauer eines alten Thurmes. „Vielleicht läuft mir ein Mäuschen in den Weg, welches Schutz sucht, wie ich." — So dachte Rosaurus und sollte abermals getäuscht werden. Eine große Eule hatte dort ihr Nest aufgeschlagen und Rosaurus fühlte plötzlich den krummen Schnabel auf seinem Rücken. Die Eulen hassen die Katzen von Natur, weil sie von Mäusen leben, wie sie selbst; diese hier hatte noch obendrein Junge, denen Rosaurus gefährlich werden konnte.

Erschrocken eilte der arme Kater von dannen; die Eule hatte ihm eine tiefe Wunde auf dem rechten Schenkel beigebracht und diese schmerzte. Der Regen strömte herab und Rosaurus befand sich auf freiem Feld; — er fühlte sich sehr unglücklich. Was war aus seinen Träumen von Freiheit geworden? er, welcher ein König der Thiere hatte werden wollen, was war er jetzt? Ein gedemüthigtes nasses Kätzchen, ohne Obdach, ohne Speise, das sich nicht mehr nach Hause finden konnte. Ach, er mochte wohl sehr weit von Hause entfernt sein; wie war er müde! Er streckte sich ins nasse Gras und sein klägliches Miau mußte alle Mäuse verscheuchen, wenn der Regen das nicht schon gethan hätte. — Zuletzt verstummte auch dieses Miau; Rosaurus lag erstarrt und ohnmächtig und alles Bewußtsein war von ihm geschwunden. Armer Rosaurus! das war ein schreckliches Ende seines ehrgeizigen Strebens.

Die Nacht war vorbei, der Regen hatte aufgehört, die Sonne ging auf, die Vögel zwitscherten, die Regenwürmer krochen hervor; die Feldmäuschen streckten ihr spitzig Näschen aus den Löchern, aber Rosaurus merkte nichts davon. Da kam ein kleines Mädchen daher, es war Dortchen, welche Etwas nach dem fürstlichen Lustschloß zu tragen hatte; sie sah

Rosaurus am Wege liegen und erkannte ihn an dem abgebissenen Schwänzchen; denn an etwas Anderem hätte sie ihn nicht erkennen können, so häßlich, schmutzig und zerzaußt sah er aus. Sie nahm das erstarrte Thier in ihren Mantel und wärmte es; dann trug sie es zur kleinen Prinzessin. Rosaurus schlug die Augen auf, ihm war es, als habe er einen schweren Traum gehabt, nur der große Hunger, den er fühlte, sagte ihm, daß es kein Traum gewesen sei. Aber da stand auch schon die warme Milch mit Bisquit; während er fraß, wurde die Wunde ausgewaschen und mit kaltem Rahm benetzt; dann trug man Rosaurus in sein weiches Bettchen und deckte ihn mit warmen Tüchern zu. — Er schlief ein. —

Als er erwachte, fühlte er sich neu gestärkt, alle Sehnsucht nach der Freiheit war geschwunden, er spürte nichts mehr von Gelüsten — ein König der Wälder zu sein und empfand mit großem Behagen die Annehmlichkeit seiner Hofexistenz. Er nahm sich vor, dieselbe nicht mehr freiwillig aufzugeben, und die unsichere Mäusejagd nicht mehr höher zu stellen als die Süßigkeiten, welche der Prinzessin weiße Hand ihm stündlich reichte.

Schluß.

Gieb sie, gieb sie des Lebens Gaben
Und was Dein Herz in Liebe trägt:
Das Herz will seine Stimme haben,
Bevor es stolz und ruhig schlägt.

Jahre verstrichen. Rosaurus war ein großer dicker Kater
geworden; die niedlichen Sprünge hatte er eingestellt; selten
erlaubte er sich einen Spatziergang auf das Dach; seine
Eltern waren gestorben und seine Geschwister kannten ihn
nicht mehr; sie meinten, er habe gar zu feine Manieren
angenommen; wollte immer etwas vorstellen, wenn er unter
ihnen wäre, und wisse von gar nichts zu erzählen, als von
dem großen Löwen, bei dem er drei Stunden zugebracht
und den er in Respekt erhalten habe. — Dagegen mache er
eine verächtliche Miene, wenn sie von ihren Mäusen- und
Ratten-Abenteuern im Keller erzählten; er schien die
wichtigsten Ereignisse ihres Lebens für höchst kleinlich und
unbedeutend zu halten und bei ihren schönsten Konzerten
schlief er ein oder schnurrte so laut, daß der kräftigste
Katzenbaß kaum vernehmbar werden konnte. Rosaurus
wurde demnach nicht mehr eingeladen und wenn seine
Verwandten ihn mit einiger Höflichkeit behandelten, so
geschah es blos, weil sie vermutheten, daß er große Schätze
an Knochen, Zucker und Bisquit besitze, die er ihnen einmal
Preis geben oder vermachen könne.

Indessen war Joly gestorben; — er hatte von allzuguter
Nahrung und, wie Lisi meinte, vom steten Aerger über
Rosaurus, die Raute bekommen und war so ekelhaft
geworden, daß man es für nothwendig hielt, ihn todt zu
schießen, wovon freilich die Prinzessin nichts erfahren
durfte. Bald darauf brachte man ihr ein anderes Hündchen,

welches dem Joly ähnlich sah, nur jünger und lustiger. Jetzt kam die Reihe an Rosaurus eifersüchtig zu werden und er zeigte sich so heftig und erbarmungslos gegen das kleine Thier, er hatte so wenig von der Großmuth des Löwen gelernt, daß er dem neuen kleinen Joly einst mit einem starken Schlag seiner Tatze ein Auge auskratzte.

Demnach wurde Rosaurus ins Vorzimmer verbannt und der kleine Joly wurde der Schooßhund und der stete Gefährte der Prinzessin.

Einst erhielt sie zwei allerliebste kleine Vögelchen; sie waren grün und man nannte sie die Unzertrennlichen, weil sie immer ganz dicht bei einander saßen und das Bild einer guten Ehe abgaben. Sie kamen aus Amerika, wo sie heimisch sind. Die Prinzessin freute sich sehr an den kleinen Thieren. — Rosaurus erblickte sie eines Tages und schien zu meinen, daß sie blos seinetwegen so weit hergekommen seien; er stürzte sich über den Bauer her und fügte seine Krallen in dessen Drathgitter, um sie herauszuholen; glücklicherweise trat gerade Lisi ins Zimmer und erhob ein furchtbares Geschrei. — Rosaurus ward verjagt und das Leben der kleinen Vögel gerettet. Der Schreck mochte aber sehr groß gewesen sein und ihre schönen grünen Federchen flogen im Käfig herum, und hier und da blutete eine Stelle, wo eine scharfe Kralle die Haut geritzt hatte.

Nach dieser Missethat fiel Rosaurus gänzlich in Ungnade; und als Mademoiselle Gogo einer jungen Erzieherin Platz machte, weil sie wegen Kränklichkeit in den Ruhestand versetzt zu werden bat, nahm sie Rosaurus, an den sie sich gewöhnt hatte, mit in ihre Wohnung, wo sie ihn mit großer Liebe und Sorgfalt pflegte. Die Prinzessin hatte ihr ein großes weiches Sammetkissen für diesen Lebensgefährten geschenkt; darauf lag Rosaurus und war noch im Alter ein schöner Kater. Er that eigentlich nichts als fressen und schnurren — und das Spinnrädchen der Mlle. Gogo schnurrte mit ihm um die Wette.

———————

Druck der Vereins-Buchdruckerei in Leipzig.

www.ingramcontent.com/pod-product-compliance
Lightning Source LLC
Chambersburg PA
CBHW022014050726

47499CB00007BA/2628